Erdmann Kühn ist in Berlin geboren und aufgewachsen und hat in Köln Kunst und Musik studiert. Er lebt im Rheinland, arbeitet als Lehrer und in der Lehrerfortbildung. Er ist Musiker, Chorleiter, singt, komponiert, arrangiert und schreibt.

Von Erdmann Kühn sind außerdem erschienen: „Jascheks Reise" - ein Roadmovie in Romanform, „Himmel und Erde – Vaters Tagebücher 1926 – 1946" und die drei Bücher der Friedel Trilogie „Der Junge auf der Schaukel", „Abschied von Berlin" und „Mein Kopf, der ist ein Zimmer".

Erdmann Kühn

Am Tag, als er sein Spiegelbild grüßte

Ein Lehrer verschwindet

Bibliografische Information der Deutschen
Nationalbibliothek: Die Deutsche Nationalbibliothek
verzeichnet diese Publikation in der Deutschen
Nationalbibliografie; detaillierte bibliografische Daten
sind im Internet über dnb.dnb.de abrufbar.

Erdmann Kühn
Am Tag, als er sein Spiegelbild grüßte
© 2018 Erdmann Kühn
Alle Rechte vorbehalten
Umschlag: Tara Otto, www.taraotto.com
Umschlagfoto: Samuel Zeller
Korrektorat: Nadja Koob
Herstellung und Verlag:
BoD, Norderstedt
www.ErdmannKuehn.jimdo.com
ISBN 978-3-7460-9674-2

Man kann die Welt oder sich selbst ändern.
Das zweite ist schwieriger.
Mark Twain

Überall lernt man nur von dem,
den man liebt.
Goethe

Lerne lachen
ohne zu weinen
Tucholsky

Ein Lehrer verschwindet

Bitte schau mal in meiner Wohnung vorbei.
Danke für alles,
Jakob

David schaut immer wieder auf die Nachricht auf seinem Handy. So als habe er noch nicht alles entziffert, als gäbe es da eine verborgene Botschaft hinter den Zeilen. Irgendetwas stimmt nicht mit dieser Nachricht. Viele Worte macht sein Freund Jakob nie, das ist es nicht. Will er ihn einladen? Nein, dann hätte er doch eine Zeit dazu geschrieben. Ist er weggefahren und will, dass David sich um die Wohnung kümmert? Das hat er schon öfter gemacht, David hat den Schlüssel, falls Jakob sich mal aussperrt. Nein, Jakob arbeitet doch jetzt, die Schulferien sind vorbei. Seltsam. Oder ist er krank und braucht Hilfe? Und wieso „Danke für alles"? Was zum Teufel bedeutet „alles"?

David hätte gerne seine Frau gefragt, was sie von dieser merkwürdigen Nachricht hält, aber Stella arbeitet und kommt heute erst spät wieder. Konferenztag. Einer muss in diesem Haushalt ja das Geld verdienen. Also kramt David in der Küchenschublade nach Jakobs Wohnungsschlüssel, zieht sich seine Jacke über und holt das Fahrrad aus dem Keller. Jakob wohnt am anderen Ende der Stadt in einer kleinen Altbauwohnung, sehr schön gelegen, dicht am Rhein. Man kann die Schiffe vorbeituckern hören im Sommer, wenn man auf dem winzigen Balkon sitzt.

Die Septembersonne wärmt und David schwitzt in seiner Jacke, als er auf der Rheinpromenade in Richtung Süden radelt, aber er bemerkt es kaum. Beim Abbiegen fährt er beinahe einen alten Mann um, so sehr ist er in Gedanken mit Jakobs Nachricht beschäftigt. Er schließt sein Fahrrad am Halteverbotsschild vor Jakobs Haus fest und geht mit wackeligen Knien zum Haus. Die alte Haustür lässt sich wie immer aufdrücken, die marode Holztreppe ächzt bei jedem Schritt. Als er im Zwielicht des staubigen Treppenhauses das Schlüsselloch sucht, merkt er, dass seine Hand zittert. Zweimal rumgeschlossen, das macht Jakob sonst nie! Wie oft hat ihm Stella schon gesagt, wie leichtsinnig es ist, einfach nur die Tür ins Schloss zu ziehen.

David hat ein flaues Gefühl im Magen, als er die Tür öffnet. Er ruft zweimal: „Jakob?", bevor er sich in der halbdunklen Wohnung vorantastet. Er erwartet nicht wirklich eine Antwort, er ist sich fast sicher, dass Jakob nicht da ist. Die Küchentür ist nur angelehnt, David öffnet sie und ist im ersten Moment geblendet vom Licht, das durch die Scheiben des Küchenfensters ins Zimmer fällt. Alles sieht ungewöhnlich sauber und ordentlich aus. Der Kühlschrank ist ausgeräumt und steht offen. Auch die Spüle ist bis auf die alte Teekanne leergeräumt. Im Geschirrschrank fehlt Jakobs Lieblingstasse, die mit den Pinguinen.

Auch die Tür zu Jakobs Schlaf- und Arbeitszimmer ist angelehnt. Das Bett ist gemacht, Jakob hat eine Tagesdecke darübergebreitet, das macht er sonst nie. Die Türen des Kleiderschrankes stehen offen, die meisten Kleidungsstücke sind ausgeräumt, zwei einsame Hemden hängen noch dort, eine Hose und drei Pullis liegen schön gefaltet im Regal und in der Schublade einzelne Socken. Jakobs Schultasche steht ordentlich am Schreibtisch, die Schreibtischplatte ist blank, nur ein paar Stifte liegen am Eck. Und ein Brief. David hat ihn sofort gesehen, aber er scheut sich, ihn in die Hand zu nehmen. Er schaut sich noch einmal nach allen Seiten um, als könne ihn irgendetwas davor bewahren, diesen Brief lesen zu müssen.

Er kennt Jakob schon so lange. Während des Studiums haben sie sich kennengelernt und einige Zeit zusammen gewohnt in der WG. Aber David hat nie geahnt, dass ihn Jakob einmal so überraschen, oder besser überrumpeln würde wie jetzt. Warum will er den Brief nicht lesen? Wovor hat er Angst? Haben sie sich nicht in all den langen Jahren alles erzählt? Was für verborgene Gedanken und Wünsche könnte Jakob gehabt haben, von denen er, David, nichts bemerkt hat? Geht es um Stella, ihre gemeinsame Freundin aus alten Tagen? Die Frau, die sie beide liebten und die sie beide liebte? Warum hat er immer noch ein schlechtes Gewissen nach all diesen Jahren? Nur weil er das getan hat, was Jakob sich nie getraut hat, nämlich Stella zu fragen, ob sie seine Frau werden will?

Lange Jahre hatten sie sich Stella geteilt und waren dabei immer beste Freunde geblieben. Stella hatte die Aufmerksamkeit zweier Männer genossen und dafür die Schrulligkeiten und Eigenheiten der beiden tapfer ertragen. Sie hatte sich darüber gefreut, dass solch eine Beziehung möglich war ohne Eifersucht und Konkurrenz. Natürlich gab es mal dicke Luft und Missverständnisse, aber bei allen dreien stand immer die Freundschaft an oberster Stelle und die Bereitschaft, der Freundschaft alles andere unterzuordnen und mögliche Probleme schnell aus der Welt zu schaffen.

Diese Dreierkombination kam Jakob mit seiner ausgeprägten Bindungsangst sehr entgegen. Er konnte mit Stella zusammen sein, er konnte mit David zusammen Musik machen oder durch die Kneipen ziehen, sie konnten zu dritt etwas unternehmen. Und er konnte sich jederzeit zurückziehen und für sich allein sein, ohne ein schlechtes Gewissen zu haben, denn Stella hatte ja auch noch David. David hatte manchmal Befürchtungen, er sei nur das dritte Rad am Roller, für Jakob zwar der beste Freund, aber bei Stella nur die Nummer zwei. Wie er darauf kam, wusste er selbst nicht so genau. Er hatte manchmal das Gefühl, Stella möge ihn sehr, aber Jakob noch etwas mehr.

Stella lachte ihn aus, wenn er so etwas andeutete. Sie hielt das für völligen Blödsinn. Aber hätte sie es zugegeben, wenn es so gewesen wäre? Dazu kam, dass Stella und Jakob bald als Lehrer richtiges Geld verdienten, während David als freischaffender Musiker manchmal nichts oder nur wenig hatte und die beiden um das monatliche feste Gehalt beneidete. Jakob hatte während des Musikstudiums auch mit dem Gedanken gespielt, Musiker zu werden, sich dann aber dagegen entschieden, weil er gerne Lehrer werden wollte. David hatte nichts gegen Kinder, aber ein Leben als Lehrer konnte er sich nicht vorstellen. So musste er gucken, wie er mit seiner Musik Geld verdienen konnte, und das klappte manchmal gut, aber meistens war es sehr mühsam.

Sein Leben war unsteter und schlechter zu planen als das der beiden anderen. Manchmal fuhr er als Gitarrist oder Background-Musiker auf Tourneen mit, hatte Engagements hier und dort, war wochenlang nicht zu Hause. Er hatte das aufregendere Leben, aber er wünschte sich manchmal die wohltuende Routine einer festen Arbeitsstelle mit ihren Annehmlichkeiten und vor allem den regelmäßigen Einkünften auf dem Gehaltskonto. Ein berechenbares, bürgerliches Leben. Etwas langweilig, aber sicher. Am Sonntagabend auf dem Sofa sitzen und Tatort gucken, statt auf irgendeiner kleinen Bühne zu stehen, in einem Tonstudio zu sitzen oder in einem hässlichen Billighotel zu übernachten in einer Stadt, die man lieber nicht näher kennenlernen wollte.

Es war Stella, die eines Tages erwähnte, sie sei jetzt über dreißig und würde gerne Kinder haben. „Ich würde euch liebend gerne alle beide heiraten, Jungs, aber das geht ja schlecht. Natürlich kann ich auch Kinder haben, ohne zu heiraten. Aber ich merke immer mehr, dass mir das wichtiger wird, eine richtige Familie, Kinder, die wissen, wer ihr Vater ist. Hört sich blöd an, ich weiß, aber da werde ich wohl ein wenig spießig."

Jakob und David waren verwirrt und versuchten erst einmal, sich ihren eigenen Reim darauf zu machen. David hatte spontan den Impuls zu sagen: „Dann heirate doch Jakob, dann passt doch alles! Wir können ja trotzdem beste Freunde bleiben." Aber er verkniff es sich. Das wäre ja auch dumm, so schnell aufzugeben. Er wollte Stella auf keinen Fall verlieren, aber Jakob auch nicht. Plötzlich war da ein spürbarer Knacks in ihrer Dreierbeziehung, und dieser Knacks wurde eher größer als kleiner, als die beiden Männer in den folgenden Wochen viel nachdachten und wenig darüber sprachen. Auch

Stella sprach nicht mehr weiter darüber und wartete auf Reaktionen. Der Ball lag jetzt bei den Jungs.

Schließlich wurde es David zu dumm. Er verabredete sich mit Jakob in ihrer Lieblingskneipe und wollte eine Klärung: „Wir haben jetzt lange genug alleine rumgegrübelt. Wenn wir nicht langsam in die Pantoffeln kommen, sucht sich unsere Hübsche noch einen anderen Mann, der sie heiratet und mit dem sie eine Familie gründen kann!"

Jakob lachte sein glucksendes Lachen, das direkt aus dem Bauch kam und bemerkte: „Ja, da hat sie uns ganz schön unter Druck gesetzt, was? Das schöne sorglose Leben ist nun vorbei!"

„Das kannst du wohl sagen! Ich fühl mich noch gar nicht so weit. Familienvater und so, da bin ich gar nicht der Typ für. Ich bin doch immer unterwegs und habe Mühe, ein bisschen Geld für mein eigenes Leben zu verdienen. Wie soll ich denn da für eine Familie sorgen?"

„Das ist gar nicht der Punkt, glaube ich. Stella verdient gut und hat überhaupt kein Problem damit, Mann und Kind mit zu ernähren. Da brauchst du keine Angst zu haben. So ist Stella nicht, dass sie dir später mal vorwirft, s i e hätte die Familie ernährt!"

„Aber wie ist es mit dir? Möchtest d u sie denn nicht heiraten?"

„Nee, ich möchte immer so weiterleben wie jetzt. Mit meinem Nebenbuhler als bestem Freund und der schönsten und klügsten Frau der Welt an unserer Seite."

„Ach Jakob, das möchte ich doch auch. Und vielleicht klappt das ja auch. Aber einer von uns muss sie heiraten!"

„Dann mach du das, David! Ich kann das nicht!"

„Warum nicht?"

„Für mich kommt das viel zu früh!"

„Aber dann ist es zu spät!"

Jakob lachte wieder aus dem Bauch. Dann wurde er ernst und sagte: „Ja, dann ist das so. Aber ich weiß sie ja bei dir in guten Händen! Ich würde sie keinem anderen Mann gönnen! Niemals!"

Eine Weile tranken sie schweigend ihr Bier. Dann blitzte der Schalk in Jakobs Augen auf und er meinte: „Pass auf, die ersten zehn Jahre kriegst du sie. Und wenn du dann genug hast von der Ehe und den Kindern und so, dann lässt du dich einfach scheiden und dann kriege ich sie! So haben wir beide was davon!"

David grinste: „Und wenn nicht?"

„Dann hab ich eben Pech gehabt! Aber vielleicht habe ich mir in der Zwischenzeit ja auch schon eine jüngere Kollegin gesucht, mit der ich mich in der Mittagspause im Landkartenkeller treffe."

„Davon träumst du?"

„Nein, überhaupt nicht! Nur unser Chef anscheinend. Und wer weiß, wenn ich mal älter bin …"

„Ich dachte immer, du wärst monogam!"

„Bin ich auch! Ich will nur Stella! Aber nicht heiraten!"

„Also, du meinst im Ernst, i c h soll sie heiraten?"

„Ja. Auch wenn du mich für bescheuert hältst!"

„In der Tat! Aber nicht heulen hinterher!"

„Bei eurer Hochzeit werde ich bestimmt heulen! Vor Glück, dass unsere Hübsche so einen lieben Kerl abgekriegt hat!"

So war es dann gekommen. David hatte Stella geheiratet, obwohl er überzeugt war, dass Jakob eigentlich an seine

Stelle hätte treten müssen. In der Hochzeitsnacht hatten sie sich Stella brüderlich geteilt, mit besoffenem Kopf und dem festen Vorsatz, dass alles so bleiben würde wie bisher. Eine Zeitlang war es auch so geblieben, erst als die beiden Kinder kamen, hatte sich die Situation Schritt für Schritt verändert. David und Stella waren zusammengezogen. Onkel Jakob kam vorbei und war für die Kinder der große Spaßmacher und Geschichtenerzähler, aber er kam und ging, er wurde Gast in der Familie von David und Stella. Er kam mehr, um die Kinder zu besuchen, als die Eltern. Natürlich wurde er Patenonkel und war bei allen wichtigen Festen dabei, aber eben als Gast.

David hatte diese Veränderung gar nicht so richtig bemerkt, er war schwer damit beschäftigt, seine neue Rolle als Papa mit Auftritten und seinen beruflichen Dingen zusammenzukriegen. Stella war oft erschöpft, weil sie sich hingebungsvoll um ihre beiden Mädchen kümmerte, die ihr alles abverlangten. Sie bekam auch nicht mit, dass Jakob immer mehr an die Peripherie gedrängt wurde. Als sie dann wieder in der Schule arbeitete, war sie in den ersten Jahren so kaputt, dass sie neben der Unterrichtsvorbereitung und dem Haushalt und der Kinderbetreuung keine Reserven mehr hatte für irgendetwas anderes. In dieser Zeit nahm ihr Jakob manchmal die Kinder ab oder holte sie vom Kindergarten. Er machte das gerne und liebte und verwöhnte die beiden Mädchen. Stella war ihm sehr dankbar dafür, er war ihr eine große Hilfe. Aber er war jetzt endgültig der gute Freund der Familie, der Onkel und aus der Rolle des Liebhabers heraus.

All das hatte er David erzählt, als sie beide sich einmal in der Kneipe aussprachen. David hatte darüber geklagt, wie wenig Zeit er nur noch hätte, dass ihm alles über den Kopf wachsen würde und seine Frau vor lauter Beruf und Familie gar keine Zeit und Lust mehr auf ihn hatte. Jakob hatte ihm eine Weile zugehört und dann gemeint: „Ich dachte schon, ich wäre derjenige, mit dem man Mitleid haben müsste. Aber wenn ich mir das so anhöre, dann kann ich eigentlich ganz froh sein über meine Position als väterlicher Freund. Ich kann mir ja immer noch eine andere suchen, wenn Stella mich nur noch als Kinder-Bespaßer braucht!"

„Machst du das denn?"

„Nee, du weißt ja, wie sehr ich an ihr hänge. Auch wenn sie jetzt manchmal so fertig aussieht! Aber ich bewundere, wie sie das alles hinkriegt!"

„Das bewundere ich auch! Ich bin ja leider oft keine Hilfe zu Hause. Aber es ist doch seltsam, wenn mit der Zeit aus der großen Liebe nur noch Bewunderung oder sogar Mitleid wird!"

„Meinst du, das ändert sich wieder, wenn die Mädels etwas größer sind?"

„Ich hoffe es sehr!"

All dies geht David durch den Kopf, während er in Jakobs verlassener Wohnung auf und ab läuft. Dann endlich fasst er sich ein Herz, geht zum Schreibtisch, nimmt den Brief und öffnet ihn mit zittrigen Fingern:

Lieber David! Liebe Stella!

Ihr wundert euch bestimmt darüber, dass ich weggegangen bin, ohne mich von euch verabschiedet zu haben. Der Grund ist einfach: Ich konnte es nicht. Vielleicht hätte ich es gar nicht geschafft, wenn ich es euch hätte erklären müssen.

Es kam einiges zusammen in den letzten Jahren. Die langen Jahre in der Schule haben mich müde und mürbe gemacht. Ich dachte immer, ich bin ein guter Lehrer und ich schaffe das alles. Aber schon in den ersten Jahren in der Schule zeigte sich, dass ich meine Rolle als Lehrer noch gar nicht gefunden hatte und immer wieder kämpfen musste, um in der Klasse zu bestehen. Viele meiner Ideen scheiterten an meiner nicht eindeutigen Lehrerrolle, an problematischen Schülern und vor allem immer wieder an völlig ignoranten Schulleitungen. Ich wollte guten und kreativen Unterricht machen und wurde als Lückenbüßer für schwierige Klassen, Vertretungsstunden und Nachmittagsunterricht missbraucht. In der Auseinandersetzung mit schwer verhaltensgestörten Schülern wurde ich von der Schulleitung allein gelassen. Dazu kam die immer weiter ausufernde Bürokratie. Ständige Protokolle, Schülerberichte, immer wieder neue Curricula wurden zu einem Zeitfresser, der zusammen mit andauernden Schüler- und Elterngesprächen dazu führte, dass ich für die Kinder selbst immer weniger Zeit und Energie hatte.

Als Konsequenz habe ich auf Stunden und Geld verzichtet, um wieder mehr Zeit zu haben. Ich hatte aber zunehmend den Eindruck, ich mache trotzdem einen Rund-um-die-Uhr-Job, bloß jetzt eben für weniger Geld. Dann habe ich schließlich die Schule gewechselt, um dem Irrsinn zu entfliehen und bin dabei leider vom Regen in die Traufe gekommen. Ich kann einfach nicht mehr. Ehe ich in die Klapse muss, gehe ich und mache einen radikalen Neuanfang. In der Schule habe ich Bescheid gesagt, dass ich nicht mehr komme. Beamtengehalt und Pensionsansprüche ade. Egal. Ich will Mensch bleiben, und das geht so nicht mehr.

Der zweite gewichtige Grund, wegzugehen, ist unsere Freundschaft. Der größte Fehler, den ich in meinem Leben gemacht

habe, ist, dass ich dir, David, den Vortritt beim Heiraten ge-
lassen habe, in der Hoffnung, alles würde beim Alten bleiben
mit uns dreien. Ich habe gelitten wie ein Hund, habe mich
selbst geohrfeigt und verwünscht. Ich hänge so an dir, Stella,
dass ich einfach weit wegmuss von euch, um nicht zu ver-
zweifeln. Ich hänge auch an dir, David, als bestem Freund, den
ich je hatte, und auch an euren beiden wunderbaren Mädchen.
Passt gut auf sie auf. Passt gut auf euch auf, ich liebe euch
nämlich. Ich muss jetzt erstmal eine Weile völlig abtauchen
und für mich sein, um mich wiederzufinden. Das kann Mona-
te, aber vielleicht auch Jahre dauern. Wenn ich stabil genug
bin, um euch wieder unter die Augen zu treten, komme ich
euch besuchen, eines schönen Tages. Bis dahin bleiben mir und
euch die Erinnerungen an wunderbare Jahre und eine unglaub-
liche Freundschaft!

Euer Jakob

PS. Eure Mädels kommen ja bald ins Studentenalter. Falls ihr
oder sie meine Wohnung brauchen, geht zum Vermieter und
übernehmt sie bitte. Eine entsprechende Erklärung liegt bei.
Ansonsten kündigt doch bitte die Wohnung zum nächst-
möglichen Termin. Geld für die nächsten drei Monatsmieten
habe ich beigelegt. Guckt, was ihr von mir noch brauchen
könnt und lasst den Rest bitte abholen. Sorry für die Mühe, die
ich euch mache! Und tausend Dank!

PS.2: Meine Lehrerkalender aus meinen ganzen Schuljahren
wollte ich natürlich nicht mitnehmen. Ich habe alles Wichtige
notiert, sie waren für mich so etwas wie Tagebücher. Also wenn
ihr wissen wollt, was tatsächlich in der Schule mit mir passiert
ist, dann habt ihr dort reichlich Lesestoff.

Spurensuche

Als Stella abends nach Hause kommt, hat David etwas Schönes gekocht. Aber sie guckt ihn nur kurz an und fragt sofort: „Was is'n los, David?" Er druckst herum, sagt: „Wollen wir nicht erstmal essen, ich hab gekocht, Fenchel, das magst du doch!"

„Das ist total lieb von dir, aber ich seh dir an, dass irgendwas passiert ist. Ich weiß nicht, ob ich das so lange aushalte!"

„Versuch es bitte, sonst ist das Essen kalt!"

Schweigend essen sie, David muss sich dauernd räuspern, weil er das Gefühl hat, er würde sonst ersticken. Stella lobt sein Essen, aber sie ist nicht bei der Sache, sie schaut immer wieder zu ihm herüber in sein Gesicht, als könne sie aus den Stirnfalten lesen, was dahinter verborgen ist. Schließlich hält sie es nicht mehr aus: „Ist was mit Jakob?"

„Wie kommst du denn darauf?"

„David, bitte spiel kein Verstecken mit mir, sag es einfach. Es ist was mit Jakob, oder?"

„Ja!"

„Komm, lass es dir nicht aus der Nase ziehen! Was ist mit ihm?"

„Er ist weg!"

„Wie, weg? Wo ist er denn?"

„Keine Ahnung. Weit weg vermutlich. Er hat nichts verraten. Er hat seine Stelle gekündigt und ist einfach weggegangen, um irgendwo anders ein neues Leben anzufangen."

Stella starrt ihn fassungslos an, lässt die Gabel ins Essen fallen und fängt an zu weinen. Sie steht auf, setzt sich auf den Sessel, schluchzt immer stärker und hört nicht mehr auf. David setzt sich neben sie und legt seinen Arm um ihre Schulter. Sie wird geschüttelt von Schluchzern, es wird immer stärker. David holt ihr die Taschentücherbox, die sie im Handumdrehen leergeweint hat. Dann fängt er an, die Küche aufzuräumen. Als er mit einem Schnaps wieder ins Wohnzimmer kommt, ist Stella nicht mehr da. Er trinkt den Schnaps alleine und geht ins Schlafzimmer. Dort ist es schon dunkel, aber er hört Stella noch schniefen. Er fragt: „Möchtest du alleine sein?"

Sie schüttelt hörbar den Kopf.

Am nächsten Morgen frühstücken sie zusammen. Sie hat Jakobs Brief gelesen und sieht immer noch verheult aus. „Ein Glück, dass heute mein freier Vormittag ist. So kann ich ja keinem unter die Augen treten!"

Er küsst sie auf den Hals und sagt: „Selbst verheult siehst du noch süß aus!"

Das erste Lächeln auf ihrem Gesicht seit gestern Abend. „Danke, David, du bist so nett zu mir!"

Sie rührt in ihrem Tee, als wäre die Lösung aller Probleme auf dem Grund ihrer Tasse zu finden. Dann schaut sie ihn an: „Und was machen wir jetzt?"

„Wir fahren zusammen in seine Wohnung!"

Ein komisches Gefühl für David, schon wieder in dieser seltsam aufgeräumten, verlassenen Wohnung zu sein. So als ob die Seele fehlt. Trotzdem immer noch eine schöne Wohnung. Eine, die man auf keinen Fall kündigen sollte.

„Meinst du, wir sollten die Wohnung behalten?"

Stella liegt schon auf Jakobs Bett und liest in seinen Lehrerkalendern. „Auf jeden Fall sollten wir. Aber die Frage ist, ob wir uns das leisten können?"

„Solange ich keinen anständigen Verdienst mit nach Hause bringe, willst du sagen?"

„Quatsch nicht so ein dummes Zeug! Du hast einen Minderwertigkeitskomplex, weißt du das?"

„Aber es ist doch so. Von deinem Gehalt alleine können wir uns keine zwei Wohnungen leisten!"

„Nee, da hast du recht! Aber wenn wir für ein Jahr untervermieten würden, hätten wir Zeit gewonnen. Dann hat Madita ihr Abi und braucht vielleicht was. Mit einer Freundin oder so. Wir sollten die Wohnung auf keinen Fall weggeben."

„Es ist das Einzige, was uns von Jakob geblieben ist, meinst du!"

„Genau! Und eines schönen Tages kommt er plötzlich hereinspaziert und dann kann er wieder hier wohnen!"

Jetzt ist es David, der schniefen muss. Er geht in die Küche und räumt im Küchenschrank Teemischungen und Gläser mit Mango Chutney zusammen, während seine Frau in den Tagebüchern wühlt. Er macht einen Darjeeling First Flush in Jakobs schöner alter Teekanne und bringt ihr einen Tee. Sie küsst ihn und sagt: „Hab ich dir schon mal gesagt, dass du der ideale Hausmann bist? Schade, dass du damit kein Geld verdienen kannst!"

„Könnte ich schon, wenn ich einer reichen, alten Dame regelmäßig Tee und Gebäck servieren würde und ihr beim Verfassen des Testaments hilfreich zur Seite stünde!"

„Und dann ist sie knausrig ohne Ende und lebt noch dreißig Jahre!"

„Du meinst, ich soll lieber einer jüngeren Frau den Haushalt richten und sie bei ihren regelmäßigen Migräneanfällen mit meinem Gitarrenspiel aufmuntern?"

Sie lacht, kneift ihn in den Bauch und sagt: „Das willst du also, du Lüstling!"

Er schaut unschuldig wie ein neugeborenes Lamm und fragt: „Was meinst du? Kochen, putzen oder Gitarre spielen?"

Sie boxt ihn und sagt: „Du weißt sehr genau, was ich meine!"

Eine Stunde später haben sie sich beide auf Jakobs Bett hingelümmelt, jeder auf einer Seite, in der Mitte liegt ein umgekippter Stapel Lehrerkalender. Stella liest in Jakobs letzten Aufzeichnungen und sucht Hinweise auf seine Flucht, während David die ganze Geschichte von vorn aufrollen möchte und sich Jakobs erstes Tagebuch geschnappt hat, aus seiner Referendarzeit. Ab und zu lesen sie sich gegenseitig wichtige Stellen vor, auf die sie gestoßen sind. David hält Stella ein zerknittertes Blatt hin, einen dünnen, löchrigen Durchschlag aus der Zeit, als man noch mit Schreibmaschine und Blaupapier arbeitete. „Hier guck mal, er hat als Referendar so eine Art Manifest geschrieben!"

„Lies mal vor!"

Unser Seminarleiter stellt ein Zunehmen der Konkurrenz untereinander und ein Abnehmen der Offenheit bei uns fest. Gut beobachtet!

Konkurrenzangst fällt nicht vom Himmel und Offenheit gedeiht nur dort, wo man keine Angst haben muss und sich verstanden fühlt. In unserem Seminar werden Abhängigkeiten, Unmündigkeit, Neid, Resignation und Angst gefördert. Ich weigere mich zu glauben, dass dies vorsätzlich und bewusst erfolgt. Es gibt keinen offenen Sadismus, keine offene Willkür – aber viele kleine, verdeckte zynische Bemerkungen, Drohungen und Willkürakte, die uns ängstlich, resigniert, ja krank machen. Auch diejenigen unter uns, die einmal fröhlich, offen und unvoreingenommen ihre Referendarzeit begonnen haben.

Lehrproben werden einen Tag vorher ohne Begründung abgesagt. Auf Nachfrage wird erklärt, Lehrproben seien doch „ganz normale" Unterrichtsstunden. Der Seminarleiter käme dann eben zu einer anderen, „ganz normalen" Stunde. Die Nächte und Wochenenden, die man sich mit der Vorbereitung um die Ohren geschlagen hat, sind nicht der Rede wert. Die seitenlangen Sachanalysen, didaktischen und methodischen Untersuchungen und das ganze übrige sinnlose Zeug wandern in die Tonne.

Krankhaft sind diese Ergüsse in DIN A 4! Krank wird man auch vom Verfassen dieser Werke, die dann in der Schublade des Seminarleiters verschwinden. Aber wie krank müssen eigentlich Ausbilder sein, die diese Machwerke allen Ernstes für „normale Unterrichtsvorbereitung" halten?

In den Nachbesprechungen geht es dann zu einem speziellen Schlachtfeld: dem Zerfleddern und Auseinanderpflücken von Formulierungen. Lernziele werden zum Selbstzweck der Formal-Erotiker. Präzise müssen sie sein, sozusagen keimfrei, mit der genügenden Anzahl an Fremdworten versehen, hundert Prozent operationalisierbar! Ein Ziel, das doch eigentlich für menschliche Wesen gedacht ist, wird zur sinnentleerten Schablone, zur Computeranweisung. Hauptsache, man kann es verifizieren und anschließend erfolgreich abhaken.

Was tun wir da eigentlich? Warum lassen wir uns das gefallen? Wir wollten gute Lehrer werden und lernen, wie man *guten Unterricht macht. Stattdessen formulieren wir nächtelang Lernziele und didaktische Analysen. Wir wollten Mensch bleiben, den Schülern ein menschliches Vorbild sein. Stattdessen haben wir Magenkrämpfe vor der Schule und beobachten an uns den Zerfall der Persönlichkeit in „Mensch" und „Lehrer".*

Jeder entwickelt sein eigenes Ausweichverhalten, um nicht durchzudrehen. Die einen reden den Seminarleitern nach dem Mund und glänzen mit endlosen Redebeiträgen im Seminar, wo sie die neuesten Fremdwörter präsentieren, die ihnen anscheinend mühelos von den Lippen gehen. Die anderen ziehen sich zurück, enttäuscht, traurig, verbittert und wünschen sich, dass das alles doch bitte schnell vorbeigeht. Wohl dem, der Freunde hat, die keine Referendare sind! Wohl dem, der nicht den Verstand verliert! So hatte ich mir meine Lehrerausbildung nicht vorgestellt!

„Heftig, oder? Hast du das gewusst?" fragt David. Stella schüttelt stumm den Kopf und schaut in die Ferne.

„War das wirklich so schlimm im Seminar?"

„Ich war ja woanders und erst ein Jahr später dran. Jakob hat das sehr gut beschrieben, diesen Irrsinn. Aber vielleicht war es bei uns nicht ganz so schlimm."

„Hast du das denn mitbekommen, dass es ihm so schlecht ging damals?"

„Du kennst ihn doch mindestens genauso gut wie ich und weißt, dass er nicht groß über Probleme redet. Aber man merkte ihm den Stress natürlich an. Ich glaube, keiner geht durch diese Mühle, ohne an sein Stress-Limit zu kommen."

„Das ist doch Wahnsinn! Bin ich froh, dass ich das nicht machen musste. Ich glaube, ich hätte geschmissen!"

„Das haben ja auch viele. Abgebrochen, als es überhaupt nicht mehr ging. Meine Freundin Sabine, mit dem Kleinkind zu Hause, das war einfach nicht machbar. Einer bei uns hat sich von der Autobahnbrücke gestürzt. Und Mira haben sie durchfallen lassen in der Prüfung, weil sie Magersucht hatte."

„Im Ernst?"

„Ja, die Prüfer meinten, so etwas wie sie gehört nicht in die Schule. Sie war so ein bisschen punkig unterwegs, manchmal etwas schroff, aber hatte tolle Unterrichtsideen. Ihre Prüfungsstunden waren völlig okay, aber sie sollte keine Lehrerin werden."

„Und das habt ihr euch gefallen lassen damals?"

„Ja, leider. Je länger ich darüber nachdenke, desto wahnsinniger ist das alles. Jakob hat absolut recht mit dem, was er da aufgeschrieben hat. Wir haben irgendwie versucht, durchzukommen und zu überleben. Und hinterher haben wir es schön verdrängt, was da mit uns passiert ist."

„Ein toller Berufseinstieg für Leute, die Kindern dabei helfen sollen, reife und mündige Menschen zu werden!"

„Das kannst du wohl sagen!"

Die Glastür

Stella hat auch eine Stelle gefunden, die sie David vorlesen muss: „Hier, das war vor drei Jahren, hör mal!"

Heute ist mir etwas passiert, das ich immer noch nicht richtig fassen kann. Ich bin vom Pausenhof gekommen und im Schulflur auf die Glastüren zugelaufen. Ich sah, dass mir jemand entgegenkam. Ein Mann steuerte geradewegs auf die Tür zu und ich grüßte leicht mit der rechten Hand und nickte dezent mit dem Kopf. Erst als der andere im gleichen Moment genau dieselben Bewegungen machte, wurde mir schlagartig klar, dass ich mich gerade selbst im Spiegel gegrüßt hatte. Ich war vollkommen verdattert, dann musste ich lachen. Meine Kolleginnen, die mich im Lehrerzimmer fragten, was los wäre, wollten mir das nicht glauben und dachten, ich wollte sie veralbern. Sie fanden das total lustig, aber je mehr ich darüber nachdachte, als ich wieder zu Hause war, desto merkwürdiger kam mir das vor. Wie eine Szene aus einem surrealistischen Film.

Fange ich an, verrückt zu werden? Sind das die ersten Anzeichen? Neulich bin ich auf der Rückfahrt von der Schule beinahe frontal mit dem Auto des Hausmeisters zusammengestoßen, weil ich völlig in Gedanken war und nicht auf den Gegenverkehr geachtet habe. Im letzten Moment erst hab ich ihn gesehen, mit weit aufgerissenen Augen. Beim letzten Elternabend stand ich an der Tafel und wollte den Eltern meine Telefonnummer anschreiben. Eine Nummer, die ich seit so vielen Jahren habe und die ich immer im Schlaf wusste. Und plötzlich war sie nicht mehr da. Ich stand da wie ein Idiot, die

Kreide in der Hand. Die Eltern haben gelacht, einige guckten etwas besorgt und mitleidig, als ich sagte: „Ich glaube, ich schreib sie Ihnen besser später auf!"

Solche Sachen häufen sich. Natürlich werde ich auch älter, klar, aber es liegt nicht daran. Nicht hauptsächlich. Ich glaube, es wird Zeit, dass ich rauskomme aus der Schule. Ein Leben lang zur Schule gehen, da muss man ja durchdrehen!

„Darüber hat er nie gesprochen, mit mir jedenfalls nicht. Mit dir?" fragt Stella. David schüttelt den Kopf und schaut weit in die Ferne. Er versucht sich an den letzten Männerabend mit Jakob in der Kneipe zu erinnern. Das muss schon länger her sein. Plötzlich merkt er, dass Stella schnieft. Er rückt dicht zu ihr und legt seinen Arm um ihre Schulter. Jetzt fängt sie richtig an zu weinen. Sie will ihm etwas sagen, aber es geht unter im Schluchzen. Er holt ihr Taschentücher und ermutigt sie, erst einmal zu Ende zu weinen und dann zu sprechen.

„Mir wird gerade klar, wie weit Jakob und wir uns voneinander entfernt haben. Wir beide mit unserem Kinderglück und unseren Familiensorgen und Jakob, der parallel dazu sein eigenes kleines Leben lebt, sich beschissen in der Schule fühlt und wir kriegen nichts davon mit, ahnen es noch nicht einmal. Obwohl wir doch beste Freunde sind. Wir wussten doch früher alles voneinander. Na gut, fast alles. Wir haben so viel zusammen geredet und gemacht. Und uns dann immer mehr entfernt voneinander, schleichend, Schritt für Schritt. Und ich habe es noch nicht einmal richtig gemerkt! Wie konnte das passieren? Das ist doch erbärmlich, wenn man nicht mitkriegt, wie dreckig es dem besten Freund geht!"

Stella ist jetzt mehr wütend als traurig. David starrt weiter intensiv in imaginäre Luftlöcher. Dann murmelt er vor sich hin: „Ich habe es schon mitbekommen. Ein wenig jedenfalls."

Stella schaut ihn entgeistert an: „Du hast es mitbekommen? Und nichts gesagt?"

„Nein, dass es so schlimm ist, habe ich nicht kapiert. Aber dass er so gar nicht zufrieden war in der Schule, schon. Das war deutlich. Er hat sich ja nie beklagt oder so. Aber wenn wir uns in der Kneipe unterhalten haben, gab es zwei Themen, die immer wieder auftauchten. Das eine waren unsere beiden unterschiedlichen Lebenswege als Musiker. Er fragte sich immer, ob er nicht auch besser auf der Bühne und im Studio aufgehoben wäre, statt an der Tafel im Klassenzimmer, und warum er sich das alles angetan hätte mit der Schule. Und ich fragte mich immer, ob ich nicht besser auch so ein gesichertes Beamtenleben hätte wählen sollen wie er, statt für ein Trinkgeld durch irgendwelche Provinzkäffer und verrotteten Studios zu tingeln, während meine Frau das Geld verdient."

„Und das zweite Thema?"

„Das warst immer du. Wie es dir geht, was du so machst und was für ein Idiot er war, dass er dich hat laufen lassen. Er liebte dich, Stella. So sehr, dass er nie ernsthaft irgendwas mit einer anderen Frau angefangen hat. Im Grunde hat er gewartet, glaube ich. Manchmal hat er gesagt, es wird langsam Zeit, dass wir beide jetzt mal tauschen, er und ich. Ich dachte immer, es wäre ein Scherz. Aber jetzt merke ich, er meinte es tatsächlich ernst. Wir beide haben gelacht darüber, aber er lachte aus Verzweiflung."

Bei Stella laufen wieder die Tränen. „Das ist doch Wahnsinn!" schluchzt sie, „Wir sitzen hier und können gar nichts machen. Ach, Jakob, wir sollten uns zusammenhocken und alles bequatschen, ein ganzes Wochenende, irgendwo, und uns besaufen und im großen Bett zu dritt nebeneinanderliegen wie früher. Stattdessen haust du einfach ab und ich kann dir noch nicht mal sagen, wie leid mir das alles tut und was für eine blöde Kuh ich bin, dass ich all die Jahre so gar nichts geschnallt habe! Nicht nur eine blöde, eine blinde Kuh! Und du, David, hast mir nie etwas gesagt!"

„Was sollte ich dir denn sagen, bitteschön? Der Jakob liebt dich immer noch so doll, bitte verlass mich doch und zieh mit ihm zusammen, er ist dann ab sofort der Vater deiner Kinder und macht den Hausmann, denn in der Schule kommt er gar nicht klar! Ich werde mich dann einfach zehn Jahre diskret im Hintergrund zur Verfügung halten und dann nochmal freundlich fragen, ob ich vielleicht jetzt wieder dran bin!"

„Jetzt übertreibst du aber!"

„Nee, genau darum habe ich nicht alles erzählt!"

„Weil du eifersüchtig warst?"

„Das ist das falsche Wort, glaube ich. Ich wollte dich einfach nicht verlieren."

„Oh je! Liegt das alles an mir? Bin ich das Problem?"

„Das Problem ist eher, dass wir früher so ein sauschönes Leben hatten zu dritt und dass dieses Leben verschwunden ist. Und wir beide haben es nicht so richtig gemerkt, dass wir immer noch ein ziemlich schönes Leben haben, Jakob aber anscheinend nicht!"

Später beim Abendbrot fragt David: „Was würdest du anders machen, wenn du die Zeit zurückdrehen könntest?"

Stella nimmt einen Schluck Weißwein, denkt nach. „Wir hätten zusammen wohnen bleiben sollen. Ich hätte euch nicht unter Druck setzen sollen damals. Ich war so versessen in die Idee, dass ich jetzt heiraten und Kinder kriegen müsste. Das wäre auch anders gegangen. Zwei hübsche Kinder von zwei netten Männern, und alle unter einem Dach. Ohne Heirat oder auch mit, ganz egal. Hauptsache glücklich. Warum haben wir das nicht probiert? Vielleicht hätten wir das geschafft. Bestimmt hätten wir das geschafft!"

„Ja, schade. Diese Möglichkeit haben wir überhaupt nicht in Erwägung gezogen. Es hätte schiefgehen können, klar, aber so ist es jetzt ja auch schiefgelaufen."

„Für Jakob, ja, und das tut mir bitter leid. Wir beide haben das prima hingekriegt, finde ich, Familie, Kinder, der ganze Stress. Aber der arme Jakob blieb außen vor."

„Und was machen wir jetzt mit unseren Erkenntnissen?"

„Nichts, das macht mich so wütend. Wir können ihm nicht sagen, wie leid uns das alles tut und nochmal neu starten."

„Leider nicht, nein. Wir können nur in seinen Lehrerkalendern lesen, um zu verstehen, was ihn dazu getrieben hat, alles abzubrechen."

Schatten

Stella kriecht auf allen Vieren durch den Morast. Alles ist schlammig, es geht nur langsam voran, aber dort drüben ist diese Tür, sie steht einen Spalt offen, da muss sie rein. Sie ist erschöpft, sie kann nicht mehr weiter, aber sie muss da rein, da, hinter der Tür, da hat sie diesen Schatten gesehen. Sie hat Angst, ihr Herz klopft bis zum Hals, aber sie muss es wissen, sie muss wissen, ob er dahinter ist. Je näher sie der Tür kommt, desto kleiner wird der Türspalt. Wird sie da überhaupt durchpassen? Sie ist ja schwanger. Sie drückt und windet sich durch diese schmale Öffnung, die plötzlich eine winzige Kellerluke ist. Sie schwitzt und stöhnt, sie hat schreckliche Angst, dass sie dort stecken-bleibt und nicht mehr vor oder zurück kann.

Der Schweiß fließt in Strömen an ihr herab, er hilft ihr dabei, sich Zentimeter für Zentimeter durch diese ver-dammt enge Luke zu quetschen, sie windet sich hin und her wie ein Aal in der Reuse. Dann hat sie es endlich geschafft und plumpst wie eine Tote auf den Boden. Sie kann in diesem finsteren Kellerraum kaum etwas er-kennen. Langsam gewöhnen sich die Augen an die Dunkelheit und sie sieht in der Ecke Vaters großen Schreibtisch. Oder ist es Jakobs Schreibtisch? Was liegt da auf dem Tisch? Ein Blatt? Ein Brief? Sie kriecht näher. Warum kriecht sie immer noch? Ihr Herz krampft sich zusammen. Sie zittert am ganzen Körper. Ein Brief, ja. Ein Brief mit schwarzem Rand. Ein Totenbrief. Sie schreit.

„Stella, beruhige dich, du hast geträumt!" David richtet sich auf und legt den Arm um seine schweißgebadete

Frau, die ihn mit wildem Gesichtsausdruck und weit aufgerissenen Augen anstarrt, als ob sie ihn nicht erkennen würde oder nicht wüsste, was er hier macht in ihrem Bett. Ihr Atem geht immer noch stoßweise und nur langsam beruhigt sie sich.

„Ach David, ich habe schrecklich geträumt. Da lag ein Totenbrief auf dem Schreibtisch."

„Ein Totenbrief? Von Jakob?"

„Ja. Oder, ich weiß es nicht genau. Eigentlich war es der alte Eichenschreibtisch von meinem Vater."

„Das passt ja, dein Vater ist ja schon tot."

„Aber ich hatte furchtbare Angst."

„Ja, im Traum kommen die Ängste hoch. Und die Trauer. Darüber, dass dein Vater gestorben ist."

„Trauer ja. Aber die Angst hatte mit Jakob zu tun, das habe ich gespürt."

„Hast du Angst, dass ihm etwas passiert ist?"

„Ja!"

Stella schweigt eine Weile, dann schaut sie ihn mit einem tiefdunklen Blick an. „David, ich habe Angst, dass er sich etwas angetan hat!"

Stille. David räuspert sich. „Darüber habe ich auch schon nachgedacht. Aber ich bin zu dem Schluss gekommen, dass er so etwas nicht tun würde. Jakob nicht. Der verkriecht sich zwar, zieht sich in sein Schneckenhaus zurück. Aber er hat doch eigentlich ein ziemlich gesundes Selbstbewusstsein und gibt nicht so schnell auf. Findest du nicht auch?"

„David, er ist anders, als wir geglaubt haben. Wir hätten uns ja auch nie vorstellen können, dass er so einfach abhaut, von einem Tag auf den anderen. Ohne vorher Andeutungen gemacht oder Signale gesendet zu haben. Na ja, sagen wir, Signale, die deutlich genug waren, damit wir sie bemerken."

„Aber deshalb bringt er sich doch nicht um. Wenn er eine unheilbare Krankheit hätte, vielleicht. Aber nicht so, aus Liebeskummer und Schulfrust."

„Vielleicht hat er die auch, wer weiß? Wir wissen gar nichts im Moment."

„Aber dann hätte er es uns im Brief geschrieben und würde uns jetzt nicht an der Nase herumführen. Im Brief stand, er nimmt eine Auszeit, und nicht, er verabschiedet sich aus diesem Leben."

„Als er den Brief schrieb, wollte er es vielleicht noch nicht. Aber dann, irgendwo in der Ferne, einsam und allein, da hat er keinen Ausweg mehr gesehen."

Wieder einen Moment Stille. David knipst die Nachttischlampe aus. „Nee, Stella, jetzt mal Stopp bitte. Du hast schlecht geträumt. Jakob lebt, da bin ich sicher. Er ist irgendwo da draußen. Er ist nicht der Typ, der sich Tabletten einwirft, vor den Zug schmeißt oder eine Kugel in den Kopf schießt. Er könnte weder jemand anderes noch sich selbst töten."

Stella nickt mit ihrem völlig verwuschelten Lockenkopf: „Ja, du hast bestimmt recht. Ich bete, dass du recht hast. Ich möchte ihn schließlich nochmal wiedersehen!"

In diesem Augenblick hören sie ein Geräusch an der Tür. Stella fasst Davids Hand und flüstert: „Was ist das?" Die Schlafzimmertür geht leise knarrend auf und eine dunkle Gestalt steht im Türrahmen, eine schwarze Silhouette, fahl erleuchtet vom Nachtlicht im Flur. Davids Herz explodiert fast, dann erkennt er sie. Es ist Madita, ihre jüngere Tochter, die dort an der Tür steht. David fragt: „Madita, was ist?"

„Ich konnte oben nicht schlafen, weil ich so schlecht geträumt habe, und dann habe ich gehört, dass ihr hier unten miteinander geredet habt und wollte zu euch!"

Stella setzt sich auf: „Komm mal her, meine Kleine! Ich habe auch schlecht geträumt. Willst du zu uns ins große Bett?"

„Mama, nein, ich bin 18! Ich wollte bloß gucken, ob alles hier in Ordnung ist, damit ich ruhig weiterschlafen kann!"

In den folgenden Tagen wird das Thema Tod nicht wieder angesprochen, aber es liegt wie eine Dunstglocke über ihnen, wenn sie sich unterhalten, wenn sie zusammen essen. David und Stella wühlen sich verbissen durch Jakobs Tagebücher, voller Hoffnung, genug Anhaltspunkte dafür zu finden, warum Jakob weggegangen ist – und doch bitte keinerlei Anzeichen für einen geplanten Ausstieg aus dem Leben. Stella arbeitet sich von hinten nach vorne, Jakob liest noch die Aufzeichnungen aus der Referendarzeit. Immer, wenn einer etwas Bemerkenswertes entdeckt, liest er dem anderen vor. Stella hat etwas entdeckt:

Inklusion! Ich könnte stundenlang kotzen, wenn ich dieses Wort höre! Und ich höre es andauernd, jeder Volltrottel schmückt seine langweilige Rede mit diesem Wort, auf jeder Schul-Homepage grinst es einem entgegen! Jahrzehntelang haben wir für Integration gekämpft, für ein vernünftiges Miteinander von Menschen verschiedener Hautfarben, Sprachen, Religionen, Begabungen und Fähigkeiten. Aber es war nie Geld da für kleine Klassen und Doppelbesetzungen, Bedingungen, unter denen Integration überhaupt erst möglich ist. Und nun auf einmal gibt es ein neues Wort, Integration heißt jetzt Inklusion, was noch viel, viel besser als Integration sein soll. Schulleitungen, Gewerkschaft, Seminarleiter singen mit der Schulministerin im Chor: „Kein Kind soll zurückgelassen werden!"

Toll! Dann gibt es jetzt endlich vernünftige Bedingungen für die Integration? Nein! Die Klassen werden einfach vollgestopft, 29 Schüler an der Gesamtschule. Und wenn da jetzt noch Flüchtlingskinder dazu kommen? Dann darf eine Klasse laut Bezirksregierung eben 32 Schüler haben! Aber sicher gibt es doch jetzt Doppelbesetzungen, damit man sich um die besonders förderbedürftigen Kinder wenigstens etwas besser kümmern kann? Nein, die gibt es nicht. Dafür ist kein Geld da. Überhaupt ist bei uns für Schule kein Geld da. Nirgendwo in Deutschland wird für Schulen so wenig ausgegeben wie in NRW. Stattdessen werden gut funktionierende Förderschulen ausgedünnt und abgewickelt und die frei werdenden Förderschullehrer reisen von Schule zu Schule, um hier mal eine Stunde zu beraten und dort mal einen Förderschüler zu besuchen.

Die Grundschulen trifft es wie immer besonders hart. Kinder, die keine Chance haben, am normalen Unterricht teilzunehmen, weil sie noch große Entwicklungs- und Sprachdefizite haben, werden trotzdem einfach in die Grundschulklassen gezwängt. Zur Sicherheit hat die Landesregierung ja dafür gesorgt, dass man die erste Klasse noch zweimal wiederholen kann. Was man den Kindern damit antut, dass man sie gegen besseres Wissen erst einmal massiv überfordert zu Beginn ihrer Schullaufbahn, statt sie in einer kleinen Förderschule angemessen darauf vorzubereiten, wie Lernen funktioniert, scheint keinen zu interessieren. Und die Eltern? Viele haben erst einmal gejubelt, dass ihr Kind anscheinend so „normal" ist, dass es auf eine ganz normale Schule gehen darf statt zur Förderschule. Es wird noch ein paar Jahre dauern, bis manche Eltern merken, dass die Probleme ihres Kindes auf der normalen Schule nicht einfach verschwinden, sondern eventuell noch viel größer werden.

Natürlich gibt es immer wieder Kinder, die erfolgreich integriert werden. Ich hatte viele davon in meinen Klassen, und ich bin stolz über jeden, bei dem es geklappt hat. Aber ich hatte früher kleinere Klassen als jetzt. Und ich hatte die Möglichkeit, Kinder, die so stark lernbehindert oder verhaltensauffällig waren, dass sie den Rahmen unserer Möglichkeiten sprengten, begutachten zu lassen und an eine dafür geeignetere Schule weiterzugeben – zum Wohle des Förderschülers und meiner Klasse. Für die Flüchtlingskinder gab es Sprachklassen, wo erst einmal die Sprache erlernt wurde. Auch das gibt es nicht mehr. Die traumatisierten Flüchtlingskinder werden einfach in die normalen Klassen gepackt. Da werden sie schon Deutsch lernen. Oder auch nicht.

In meiner jetzigen Klasse habe ich unter 29 Schülern drei Förderschüler, für die ich extra Aufgaben und Arbeiten konzipiere. Die Förderschullehrerin ist leider in der Nachbarklasse, da gibt es fünf Förderschüler. Unter meinen „normalen" Schülern gibt es acht bis zehn, die hoffentlich einmal Abi machen werden, und vier, bei denen ich hoffe, dass sie überhaupt einen Abschluss schaffen. Für jede Gruppe gibt es entsprechend angepasste Aufgaben und Arbeiten. Von den drei heftigen Legasthenikern und den vier Kindern mit Aufmerksamkeitsstörung rede ich gar nicht, die haben ihre Spezialprogramme und Einzelplätze. Ansonsten sitzen alle an Gruppentischen, *was für manche Themen und Unterrichtsformen prima ist, für einige Schüler aber auch eine permanente Überforderung darstellt. Aber Gruppentische sind bei uns an der Schule ungeschriebenes Gesetz, daran wagt keiner zu rütteln. Auch die eine Stunde eigenverantwortliches Lernen pro Tag ist eine heilige Kuh, darüber wird nicht diskutiert und abgestimmt. Eine tolle Sache für lernstarke Kinder und fleißige Kinder aus dem Mittelbau. Für Lernschwache und ADHS-Patienten eine Katastrophe.*

Es hat sich viel Frust aufgestaut in den letzten Jahren. Meine jungen Kollegen stürzen sich mit jugendlicher Wollust in unlösbare Missionen und immer neue Projekte. Mir ist das alles zu viel. Bin ich schon zu alt? Ich höre im Hinterkopf manchmal meinen Kollegen, der in den Jahren vor seiner Pensionierung öfter mal sagte: „Macht ihr mal, aber lasst mich da raus. Wenn wir alle paar Wochen ein neues Projekt machen, frage ich mich, wann die Kinder eigentlich den Stoff für Deutsch, Mathe und Englisch lernen und wie sie mal ihren Abschluss schaffen sollen. Vergesst doch bitte bei all den schönen Dingen, die ihr da vorhabt, nicht, dass viele von ihnen keinen vernünftigen Satz sprechen, geschweige denn schreiben können, ohne massenhaft Fehler zu machen. Und dass manche von ihnen noch an den Grundrechenarten scheitern. Von Englisch wollen wir erst gar nicht reden."

„Hast du das gewusst, dass er so darunter leidet?" fragt David und fügt hinzu: „Wir haben davon nicht so ausführlich gesprochen, weil ich ja nicht aus der Schule komme. Er war da immer sehr höflich und wollte mich nicht mit Schulproblemen langweilen. Aber dass er frustriert war, hat man gemerkt, auch wenn er es so nicht geäußert hat."

„Wenn wir uns gesehen haben, haben wir uns manchmal gegenseitig was aus der Schule erzählt und festgestellt, dass wir zum Teil über die gleichen Dinge frustriert oder wütend sind. Dazu gehört auch dieses ganze Inklusionsthema. Er bringt das prima auf den Punkt, ich kann ihm da in fast allen Punkten zustimmen und frage mich erschrocken, warum wir das alles so hinnehmen, was da mit uns gemacht wird. Geduldig wie die Lämmer, man hört nur hier und da ein bisschen Geblöke, dabei müsste es einen Aufschrei geben: So nicht!"

„War er besonders empfindlich, dass er es einfach nicht so hinnehmen wollte?"

„Jakob hatte immer ein sehr ausgeprägtes Gerechtigkeitsgefühl, wenn er etwas ungerecht fand, konnte er die Wände hochgehen!"

„Hat er denn versucht, etwas zu ändern?"

„Als er auf der neuen Schule war, hat er, glaube ich, einiges versucht. Er war im Lehrerrat, er hat am neuen Schulprogramm mitgeschrieben. Aber er war nicht zufrieden mit den Ergebnissen und der praktischen Umsetzung. Er hatte den Eindruck, dass die Schulleitung und ein Teil der Kollegen in eine ganz andere Richtung wollten. Ihm war guter Unterricht wichtiger als die ganzen Projekte und Fortbildungsmaßnahmen. Er vermisste klare Standards und Regeln, es gab zu viel heiße Luft und zu wenig verbindliche Absprachen und Abläufe. Das Schlimmste waren für ihn die Teamkonferenzen, wo stundenlang über irgendwelche organisatorischen Dinge gesprochen wurde, die man in fünf Minuten hätte regeln können. Aber über die wichtigen Themen wurde nicht diskutiert und schon gar nicht abgestimmt. Das wurmte ihn mächtig."

„Mir hat er erzählt, dass ihn an seiner neuen Schule die Karrieregeilheit seiner Kolleginnen und Kollegen erschütterte."

„Stimmt, er fühlte sich manchmal richtig einsam in seinem großen Kollegium. Anscheinend hatte jeder seinen nächsten Karriereschritt im Kopf, einer nach dem anderen zog in den letzten Jahren an ihm vorbei und wurde Fach-, Abteilungs-, Projektleiter, Konrektor oder gar Schulleiter. Ihm war das völlig fremd und suspekt. Er war von Anfang an einfacher Lehrer und wollte auch nie etwas anderes sein. Das hätte ja bedeutet, dass er weniger mit den Schülern zu tun hätte und mehr mit Verwaltung, Organisation, Leitung. Das war nicht sein Ding. Guter Unterricht und der Kontakt zu seinen Schülern, das war es, was ihn antrieb. Er war verstört, wenn gute Freunde plötzlich aufstiegen. Aber vor allem wurmte ihn, wenn Leute auf Posten befördert wurden, wo sie definitiv nicht hingehörten.

Ich habe in meinem Schulleben ja schon viele schlechte Schulleiter gehabt, aber ich glaube, so eine Ansammlung von Pfeifen wie Jakob hatte ich nicht. Darunter litt er sehr. Schulleiter, die seine Gaben und sein Können nicht sahen oder wertschätzten, die unfähig waren, ein Kollegium zu führen. Schulleiter ohne jede pädagogische Idee, Erbsenzähler, Sektierer, Chaoten, ja Psychopathen. Leute, die sich in die Büsche schlugen und ihre Kollegen hängen ließen, sobald es eng wurde."

David geht in die Küche, um einen Tee zu machen. Als er zurückkommt, wirkt er immer noch nachdenklich: „Wir wissen mehr von Jakob, als ich dachte. Er war zwar gerne Lehrer und wollte es auch sein, aber die Umstände waren immer schwierig. Er war selten zufrieden und unbeschwert, wenn er von der Schule erzählte. Ich habe allerdings auch nie geahnt, dass Schule so wichtig für ihn war."

„Es war sein Beruf, David! Natürlich war ihm das ganz wichtig."

„Vielleicht bin ich immer von mir als Musiker ausgegangen und dachte, auch für Jakob wäre das Wichtigste die Musik."

„Wahrscheinlich hast du damit recht. Aber du kannst dich in der Musik als Künstler zumindest manchmal ausleben, du kannst ein neues Album, eigene Stücke einspielen, gute Sessions mit anderen tollen Musikern machen. Das hätte Jakob bestimmt auch gefallen. Stattdessen hat er Musik vermittelt, hat Gitarrenunterricht gegeben, die Schulband geleitet. Das ist auch schön, aber doch etwas anderes, als selbst Musik zu machen."

„Das stimmt. Obwohl ich mein Musikerleben oft verfluche, wenn ich wieder mal für ein paar Scheine in irgendwelchen Provinzkäffern oder dunklen Studios sitzen und irgendwelchen Mist spielen muss. Dann komme ich mir vor wie eine männliche Hure, die statt ihrer Haut ihre Musik zu Markte trägt."

„Jetzt übertreibst du aber!"

„Nein, du weißt gar nicht, wie öde das sein kann."

„Aber tauschen wolltest du nie mit Jakob, oder?"

„Nee, mehr teilen. Ich dachte manchmal, wäre es nicht eine schöne Idee, sich die Jobs zu teilen? So wie wir uns immer die Frau geteilt haben."

Stella gluckst erst, lacht dann, will gar nicht mehr aufhören und wischt sich dann die Tränen aus dem Gesicht. Zum ersten Mal ist dieser Schatten von Tod und Trauer aus ihrem Gesicht gewichen: „Das hast du mir nie erzählt, David! Das wäre doch eine geniale Idee! So wie in dem Film mit dem Rockmusiker, der für einen Freund die Vertretungsstelle an dieser spießigen Eliteschule annimmt und mit den verwöhnten Kids dreckige Rockmusik macht!"

„Ja, genau, und Jakob tingelt dann durch die Clubs und bringt mal frischen Wind in die eingefahrenen Musikercliquen mit ihren Dreitagebärten, ihren ewigen, selbstgedrehten Zigaretten und den immer gleichen Musikerwitzen."

Lehrerrolle

Am nächsten Wochenende haben Stella und David wieder Zeit und vergraben sich in Jakobs Lehrerkalendern. Schon nach wenigen Minuten meldet sich David: „Das musst du dir anhören, Stella! Das habe ich nicht geahnt, wie schwer er sich tat schon in der Referendarzeit!"

Ich habe mich immer darauf gefreut, Lehrer zu sein. Im Studium habe ich haufenweise Bücher gelesen wie „Macht die Schule auf, lasst das Leben rein!", „Was ist eine humane Schule?", „Klassengemeinschaft". Bücher über kreativen Unterricht, entdeckendes Lernen, über den Lehrer als Begleiter, Initiator, Freund. Und nun stoße ich mit diesen Vorstellungen dauernd an Grenzen und frage mich, muss ich mich verändern oder soll ich so bleiben? Wie weit muss ich mich dem System anpassen, um nicht zu scheitern? Oder bin ich völlig auf dem falschen Weg?

In meinem ersten Halbjahr auf der Realschule probierte ich alles Mögliche aus. Für die Schüler war ich tatsächlich mehr ein großer Kumpel als ein Lehrer, sie fragten mich, ob sie mich duzen dürften, wie meine Lieblingsbands heißen, wo man diese Baumwollshirts kaufen kann, die ich immer trug. Es waren dicke Unterhemden von Woolworth! Ich schloss richtige Freundschaften zu Schülern. Annette, ein Mädchen aus der 9. Klasse, schickte mir später Demobänder von ihrer Band und Einladungen zu ihren Konzerten. Uli, die in meiner Gitarren-gruppe gewesen war, schrieb mir lange Briefe, wie öde die Schule jetzt wäre, wie langweilig der Musikunterricht ohne mich, und wie schön es wäre, von mir Briefe zu bekommen. Bisher hätte sie von Lehrern nur blaue Briefe gekriegt. Als sie über ihre Probleme mit ihrem Papa schrieb und meine Telefon-nummer haben wollte, zog ich die Reißleine.

Das genau scheint mein Problem zu sein: mir ist nicht ganz klar, was ich will und wo die Grenzen sind. Natürlich hat es mir geschmeichelt, von Fünfzehnjährigen akzeptiert zu werden, als sei ich einer von ihnen. Aber natürlich bin ich das nicht. Das hat mir dann auch meine Mentorin im nächsten Halbjahr auf dem Gymnasium vorgeworfen, dass ich nicht klar sei in meiner Haltung gegenüber den Schülern. Dort war es natürlich ganz verpönt, als Lehrer auch Freund der Schüler sein zu wollen. Die Referendare saßen im Lehrerzimmer am Katzentisch und hatten nicht viel zu melden und vor allem keine Unruhe in die Schule zu tragen. Die Schüler waren offen für alles Neue, aber auch sehr schnell undiszipliniert und wild. Manchmal bekam ich sie wieder in den Griff, ohne Druckmittel oder Strafen anzuwenden. Oft leider auch nicht, dann tobte das Chaos und ich fragte mich, was ich jetzt wieder falsch gemacht hatte.

Dieses Problem habe ich auch in manchen Klassen in der Hauptschule, wo ich das zweite Jahr meiner Referendarzeit zubringe. Hier sind die Kollegen jedoch sehr nett und unterstützen mich. Sie betrachten mich als gleichwertigen Partner, das tut mir ausgesprochen gut nach meinen Erlebnissen im Gymnasium. Nur in Musik gibt es keinen Mentor für mich, aber der Schulleiter hat mir einen Raum eingerichtet nach meinen Wünschen und gibt mir freie Hand. Auch das tut gut. Es hilft mir, meine Rolle zu finden. Ich begreife langsam, dass ich nicht ein „Zwischending" bin zwischen Lehrer und Schüler, sondern Lehrer. Das muss ich akzeptieren, mich zu verhalten wie ein Lehrer, nicht wie ein Kumpel oder großer Freund. Natürlich wie ein guter Lehrer, und da kann ich mir von manchen Kollegen hier einiges abgucken.

Aber ich merke, dass ich immer wieder gerne in die andere Rolle zurückfalle, mich zu weit zurücknehme, klare Ansagen und Konsequenzen scheue, weil ich niemandem wehtun will. Meine nette Kollegin sagte mir neulich: „Jakob, du musst auch mal das Arschloch sein, das gehört dazu! Je früher du eingreifst und klarmachst, wer der Chef im Ring ist, desto besser! Du darfst nicht zulassen, dass sie glauben, sie könnten mit dir machen, was sie wollen!"

Ich habe dann geantwortet: „Aber du bist doch auch immer so nett und freundlich, das will ich doch auch!"

„Ja, aber ich kann auch ganz anders, das wissen die Schüler, deshalb müssen sie das jetzt gar nicht mehr herausfordern. Bei dir wissen sie noch nicht, ob du richtig sauer werden kannst und was dann so alles passiert. Sie werden nicht eher Ruhe geben, bis sie das genau einordnen können!"

Mein Kopf sagt mir: Sie hat vollkommen recht, genau das ist mein Problem. Aber es fällt mir unendlich schwer, „Arschloch" zu sein, das widerstrebt mir mit jeder Pore meiner Haut, in der ich mich dann ganz fremd fühle. Meine Kollegin sagt mir: „Es ist ein Spiel, Jakob! Du musst ja kein Arschloch sein, du musst es spielen! Das kennst du doch von Marco oder Timo, die spielen ja auch „Kleines Arschloch“ und tanzen dir solange auf der Nase herum, bis du endlich ihr Spiel beendest!“

„Er hat tolle Mentoren gehabt, so welche hätte ich mir auch gewünscht, die einen sanft und einfühlsam in die richtige Richtung lenken!" kommentiert Stella.

„Na, bisher ist das ja die erste, die ihm weiterhelfen kann!"

„Nein, auch die Kollegin vom Gymnasium hat ihm einen wertvollen Hinweis gegeben: *Sei klar in deiner Haltung gegenüber den Schülern!* Da er aber damals selbst noch gar nicht klar war, konnte er seinen Schülern gegenüber auch noch keine klare Haltung einnehmen."

„Hattest du auch dieses Problem in deiner Referendarzeit?"

„Wir waren doch alles halbe Hippies damals. Lange Haare, Latzhosen, selbstgebatikte T-Shirts, Schlabberhosen oder hauteng Röhrenjeans, freie Liebe, Ablehnung von allen Konventionen. Unsere größte Sorge bestand darin, wir könnten irgendwann mal als Spießer enden mit Eigenheim und fettem Auto in der Garage. Viele von uns fühlten sich noch nicht so richtig als Erwachsene, auf jeden Fall nicht als Mitglieder des Establishments. Du doch auch, David!"

„Sicher doch, aber bei mir war es nicht so wild. Antiautoritäre Musiker mit langen Haaren und Rauschebart waren kein Problem, solange sie nicht zu besoffen oder zugekifft waren, um ihre Gigs zu machen."

„Na eben. Und ich hatte als Sonderschullehrerin da noch etwas mehr Narrenfreiheit als Jakob an der normalen Schule. Bei uns gab es jede Menge verbeamtete Kollegen, die noch halbe Hippies waren. Da wir kleinere Klassen hatten, gab es nicht diese riesigen Disziplinprobleme. Wenn man einen guten Draht zu seiner Klasse hatte, konnte man den Unterricht sehr frei und lässig angehen, ohne dass die Kinder einem die Hütte über dem Kopf abfackelten."

„Dann hätte Jakob bei euch gar nicht diese Probleme gehabt?"

„Jedenfalls nicht so stark. Natürlich musst du auch bei einer Handvoll Sonderschülern klar haben, was du willst und was nicht. Klarheit ist immer wichtig. Aber du kriegst das Chaos meistens ganz gut gebändigt, wenn mal etwas schiefläuft."

„Dann wäre er besser Sonderschullehrer geworden?"

„Das wollte er ja am Anfang seines Studiums. Aber dann hat er sich anders entschieden. Wir haben darüber oft geredet. Er hatte im Studium so viele Bücher über tolle Haupt- oder Volksschullehrer gelesen, dass er sich unbedingt beweisen wollte, dass er auch einer werden konnte. Obwohl er fast nur mit Sonderschullehrern zusammen war. Er sagte immer: Ich werde ein Sonderschullehrer an einer Normalschule!"

„Schade, wäre er ein normaler Lehrer an einer Sonderschule geworden, wäre es ihm vielleicht besser gegangen!"

„Und er hätte im Monat ein paar Hunderter mehr verdient. Aber Geld war ihm immer egal. Er kam mit dem aus, was er hatte. Das verbindet uns drei. Geld ist nicht so wichtig."

„Hauptsache, man ist gesund und die Frau hat Arbeit!"

Stella lacht und geht in die Küche. Als sie mit einem Müsli wiederkommt, sieht David nachdenklich aus: „Aber es hat Jakob doch sehr gewurmt, dass alle plötzlich an ihm vorbeizogen!"

„Na ja, er war doch lange Zeit an der Hauptschule gewesen, da tat sich beförderungsmäßig gar nichts, so wie bei uns auf der Förderschule auch. Und dann erlebte er plötzlich auf der neuen Gesamtschule den großen Run auf die Beförderungsstellen. So etwas kannte er gar nicht. Er muss sich vorgekommen sein, wie ein Läufer, der noch am Startblock hockt und sinniert, während die Kollegen alle schon durchs Ziel rennen."

„Aber meinst du denn, er hätte d o c h gerne Karriere gemacht? Oder mehr Geld verdient?"

„Nein nein, da bin ich mir ziemlich sicher. Ich glaube, es ist eher eine Kränkung des eigenen Selbstbewusstseins. Die größten Deppen kriegen plötzlich mehr Geld und du fragst dich, was genau bringen die eigentlich für Qualifikationen mit, um plötzlich eine Stufe weiter zu springen? Noch schlimmer ist, wenn sie sich plötzlich als Chefs aufspielen und dir Anweisungen geben wollen, und du kennst sie doch, und weißt, was sie für arme Würstchen sind. Das machte ihn krank, glaube ich, nicht so sehr das Geld."

„Das kann ich mir gar nicht so richtig vorstellen!"

„Ich auch nur darum, weil mir außer Jakob schon einige Kollegen von anderen Schulen Ähnliches berichtet haben. Bei uns gibt es nur Schulleiter und Stellvertreter. Alle anderen sitzen in einem Boot."

„Bis auf die Referendare."

„Ja, aber die sind heute viel fitter als wir damals. Und sie haben nicht so große Probleme, ihre Rolle anzunehmen, weil die Achtundsechziger und ihre Ideale heute Schnee von gestern sind."

„Von vorgestern."

„Meinetwegen." Sie lacht. „Manchmal finde ich es schade, dass heute alle viel angepasster sind. Auch wenn dadurch manches leichter wird, für sie selbst, für uns, auch für die Schüler. Aber so ein Querkopf ab und zu wäre gar nicht so schlecht fürs System."

Madita hat schon eine Weile im Türrahmen gestanden und zugehört, jetzt setzt sie sich dazu und fragt: „Meint ihr, ich wäre vielleicht so ein Querkopf für die Schule?"

Stella lacht, wuschelt ihr durch die krausen Haare und sagt: „Seit wann hast du uns denn belauscht?"

„Eine ganze Weile schon. Ich krieg das doch mit, womit ihr euch hier seit Wochen beschäftigt. Es macht mir übrigens auch viel aus, dass Jakob nicht mehr da ist. Ich mag ihn sehr."

„Das wissen wir doch, Madita."

„Und warum habt ihr nicht mit mir darüber gesprochen?"

„Oh je, ich glaube, wir waren so verwirrt und mit der Spurensuche beschäftigt, dass wir das völlig vergessen haben. Das war keine böse Absicht, tut mir leid!"

„Aber es ist auch kein Geheimnis, oder? Man stolpert nämlich auf Schritt und Tritt über die Spuren eurer Recherche."

„Nein, überhaupt nicht. Wir sind bloß beide etwas derangiert, Liebes. Jakobs Verschwinden hat uns aus dem Gleichgewicht gebracht."

„Wo ist er denn hin? Und warum?"

„Genau das versuchen wir ja herauszufinden. Was meinst du? Warum verlässt ein Lehrer plötzlich von einem auf den anderen Tag seine Klasse, seine Kollegen, seinen Beruf, seine beiden besten Freunde samt Kindern und haut einfach ab, ohne etwas zu hinterlassen als eine leere Wohnung und einen Brief?"

„Was stand denn drin?"

„Dass er die Nase voll hat von der Schule und dass er sich in unserer Freundschaft außen vor fühlt."

„Was soll das heißen? Also das mit der Freundschaft?"

„Das ist eine lange Geschichte, Madita!"

„Ich liebe lange Geschichten. Besonders, wenn sie euch peinlich zu sein scheinen!"

„Nein, nicht peinlich. Eher ungewöhnlich. Also in Kurzfassung: Jakob, David und ich waren schon seit dem Studium zu dritt zusammen."

Madita kichert: „Ein flotter Dreier!"

„Ja, so etwa. Das ging wunderbar, wir haben alles zusammen gemacht, alles geteilt, es gab keine Eifersucht, Probleme wurden ausdiskutiert."

„Ich fass es nicht! Und dann?"

„Und dann war ich so bescheuert, meine beiden Lover vor die Entscheidung zu stellen, wer von beiden mich denn heiraten will. Ich wollte nämlich Kinder haben, am liebsten zwei entzückende Mädchen!"

„Aber Mama, das geht doch auch ohne Heiraten!"

„Was du nicht sagst! Aber ich war damals ein bisschen meschugge im Kopf. Ich wollte auf einmal partout eine

Familie und einen Vater meiner Kinder, alle mit demselben Familiennamen!"

„Wie spießig!"

„Ja, eine ziemliche Rolle rückwärts nach vielen Jahren freier Liebe."

„Wieso, habt ihr noch andere gehabt?"

„Ja, aber nur um immer wieder festzustellen, dass wir drei die Idealbesetzung waren. Da kam kein anderer ran!"

„Cool! Eine richtig romantische Liebesgeschichte! Nur eben zu dritt. Warum hast du nicht einfach beide geheiratet? Dann hätte ich jetzt zwei Papas!"

„Na, aufs Heiraten hätte ich dann verzichten müssen, ich dumme Ziege! Dann hätte alles so weitergehen können wie bisher und wir wären jetzt zu fünft und Jakob wäre glücklich und müsste sich nicht irgendwo verstecken."

Madita kichert, Stella schnieft. Madita guckt zu ihr hinüber und versucht herauszufinden, ob die Tränen in ihren Augen vom Lachen oder Weinen kommen. Dann sagt sie: „Nun heul doch nicht, der kommt schon wieder! Ich habe das im Gefühl! Warum hast du eigentlich damals nicht ihn geheiratet?"

David seufzt und geht aus dem Zimmer. Madita ruft ihm hinterher: „Hej Papa, jetzt lauf du nicht auch noch weg, dann habe ich gar keinen Vater mehr!"

„Keine Sorge, ich muss nur mal, dann komm ich schon wieder!"

„Also wie war das damals, Mama?"

„Erstmal passierte zwei Wochen lang gar nichts, nachdem ich die beiden gefragt habe, wer mich heiraten will. Und dann hat David ja gesagt."

„Und dir war's egal?"

„Ich wollte doch beide behalten. Und ich dachte, das würde auch klappen. Aber als dann Ria zur Welt kam, wurden wir nach und nach eine ganz normale, spießige Familie. Jakob wurde der Onkel, der ab und zu mal vorbeischaute. Wir waren so beschäftigt mit euch und uns, dass wir gar nicht so richtig mitkriegten, wie Jakob Stück für Stück immer mehr in den Hintergrund rückte."

„Also waren wir schuld, Ria und ich?"

„Quatsch! Ihr wart die süßesten Mädchen auf der Welt und alles drehte sich nur noch um euch!"

„Wie schade, das wäre ein tolles Experiment geworden, zwei Kinder und zwei Väter und alle zusammen!"

An der Tür stößt Madita beinahe mit David zusammen, der gerade hereinkommt, als sie hinausgehen will.

„Papa, bist du sicher, dass du mein Vater bist und nicht Jakob?"

„Ja, aber sicher, Kind. Du hast den Dickkopf von mir! Die schönen Augen und Haare hast du von deiner Mutter. Und die Schlauheit."

„Und Ria? Ist die auch von dir? Das war doch noch zu der Zeit, wo ihr zu dritt in einem Bett geschlafen habt!"

„Ja, da hast du recht. Also ich denke, sie sieht mir auch ein bisschen ähnlich, findest du nicht? Aber wenn du's ganz genau wissen willst, frag lieber nochmal deine Mutter!"

Er lacht, Madita schüttelt den Kopf und murmelt: „Meine Eltern, unmöglich!" Sie dreht sich um und schreit: „Mama, ist Ria von Papa oder von Jakob?"

Stella lacht laut und ruft zurück: „Auf jeden Fall nicht vom Bofrost-Mann!"

Der Motor

Stella merkt, dass sich ihre Einstellung zu ihrem Beruf und ihrem Selbstverständnis als Lehrerin ändert, je mehr sie sich in Jakobs Tagebüchern vergräbt. Mit jeder Eintragung, jeder Seite wird ihr bewusst, wie viele Übereinstimmungen es gibt zu ihrer eigenen Situation an der Schule. Auch sie hat viele Erlebnisse und Erfahrungen nicht richtig verarbeitet oder beiseitegeschoben, Stück für Stück geraten sie an die Oberfläche ihres Bewusstseins. Warum hat sie sich in den langen Jahren in der Schule so viel gefallen lassen? Warum hat sie sich so angepasst, wo ist ihr Widerspruchsgeist von damals geblieben? Ist das der Preis für ein angenehmes und bequemes Leben, dass man Kompromisse schließt, die meilenweit entfernt sind von dem, was man ursprünglich mal wollte?

Immer öfter spricht sie mit ihrer jüngeren Tochter darüber. Madita ist geschmeichelt, als Gesprächspartnerin von der Mutter nicht nur ernst genommen, sondern auch gebraucht zu werden. Sie bohrt nach und lässt nicht locker, wenn sie faule Kompromisse oder Leichen im Keller wittert. Das genau ist es, was Stella braucht, jemand, der die Finger auf die Wunden legt und nicht zu schnell tröstet wie David. Madita selbst interessiert sich immer mehr für die Innenansichten des Lehrerseins und fängt an, selbst in Jakobs Tagebücher zu lesen.

„Hier, Mama, das ist ja wie heute: *Bei Studienbeginn hieß es überall: Lehrermangel! Jetzt, wo wir mit der zweiten Staatsprüfung fertig sind, stehen wir auf der Straße. Lehrer-*

schwemme! Ich halte mich gerade so über Wasser mit privatem Instrumentalunterricht, musikalischer Früherziehung, Kurzzeitjobs, Konzerten."

„Das war bei mir ähnlich. Aber wir hatten beide Glück und bekamen ein Jahr später ein Jobangebot. Allerdings nur als Teilzeitstelle für drei Jahre. Jakob war gerade auf Fahrradtour in Frankreich, da bekam er ein Angebot für eine Hauptschulstelle."

„Damals gab es doch noch keine Handys, oder?"

„Nein, das war purer Zufall, dass er von einer Telefonzelle zu Hause angerufen hat, als der Brief gerade gekommen war. Sonst hätte er das Angebot verpasst. Viele unserer Kollegen aus dem Seminar haben nichts bekommen und sind dann in andere Bundesländer gezogen oder haben sich andere Jobs gesucht."

„Und dann ist er schnell nach Hause geradelt?"

„Er hat den nächsten Zug genommen und hat sich drei Tage später an seiner neuen Schule vorgestellt."

„Aber es scheint nicht so das Gelbe vom Ei gewesen zu sein. Hier: *Der Konrektor, ein kleiner, farbloser Bürokrat vom Typ Korinthenkacker neidet dem jungen Schulleiter die Stelle, die er selbst gerne bekommen hätte, und versucht, ihm das Leben so schwer wie möglich zu machen. Auch das Kollegium arbeitet mit aller Macht gegen den neuen Schulleiter. Erst kapierte ich nicht, warum. Er scheint doch ganz offen und nett zu sein. Dann wurde ich in das Geheimnis eingeweiht: Der Schulleiter war der Kofferträger des alten Schulrats gewesen und hatte deshalb den Posten bekommen. Da der Schulrat schon äußerst unbeliebt gewesen war, ist es sein Adlatus nun erst recht, da kann er machen, was er will.*

In den Konferenzen finden regelrechte Redeschlachten statt zwischen dem alten Haudegen Kaczinsky, Gewerkschaftsführer und Mercedesfahrer, und dem jungen, unbedarften Schulleiter. Wenn die Argumente ausgehen, brüllen sich beide vor versammelter Mannschaft an. Kaczinsky hat die lautere Stimme und von Natur aus immer recht. Das glaubt er zumindest. Der Schulleiter macht viele Fehler und ist bestimmt nicht die Idealbesetzung auf diesem Posten. Aber er tut mir oft leid. Und ich hasse Leute, die sich anbrüllen. Ich krieg Herzrasen davon und Schweißausbrüche.

Das klingt schrecklich! Gab's das bei euch an der Schule auch?"

„Nein, so etwas habe ich nicht erlebt. Harte Auseinandersetzungen mit der Schulleitung schon, aber es blieb immer im Rahmen. Da hatte Jakob auch wirklich Pech. Als es dann mit den Jahren etwas besser lief und Kollegium und Schulleitung eine Ebene gefunden hatten, auf der sie halbwegs normal miteinander umgehen konnten, war der Schulleiter von einem Tag auf den anderen plötzlich weg."

„Wie Jakob?"

„Nein, krank. Immer wieder, dann immer länger, und schließlich wurde er frühpensioniert."

„Und dann kam endlich eine vernünftige Schulleitung?"

„Nein, leider nicht. Das Schulamt wartete erst einmal ab und ließ den Konrektor alleine wurschteln. Das war nicht mehr der Korinthenkacker, sondern der komplette Gegenentwurf dazu. Ein Mensch, der gerne feierte und trank, aber seine Büroaufgaben vor sich hinschob oder andere machen ließ. Das ging nicht lange gut, dann war der auch weg, ließ sich zwei Jahre krankschreiben und rettete sich in die Frühpensionierung."

„Aber dann!"

„Das Schulamt ließ jetzt das Kollegium komplett alleine, ohne Schulleiter und Konrektor. Jakob meinte immer, das war die beste Zeit. Die Aufgaben wurden im Kollegium verteilt, einer machte den Vertretungsplan, alles was nicht für den Schulalltag wichtig war, blieb liegen. Während dieser zwei Jahre funktionierte die Schule ordentlich. Und immer, wenn die Statistiken und der ganze Papiermüll angemahnt wurden, hieß es: Wir kümmern uns um den reibungslosen Schulablauf, alles andere hat Zeit."

„Und dann kam der Retter!"

„Der Retter entpuppte sich als Missionar. Als erstes ließ er in seinem Zimmer ein dickes, schwarzes Holzkreuz anbringen, auf das man starrte, wenn man vor seinen Schreibtisch trat. Jakob berichtete, es sei, als ob man vor dem Altar stehen würde und seine Sünden bekennen und bereuen müsste. Sie nannten ihn den schwarzen Mann."

„War es eine kirchliche Schule?"

„Nein. Aber der neue Chef war im Nebenjob Laienprediger. Leider eher von der Kategorie Bußprediger, finster, mit buschigen, schwarzen Augenbrauen. Er verkündete sofort sein Evangelium, alles sollte ab sofort genauso gemacht werden, wie er das für richtig befand. Die Erfahrungen und Kompetenzen, die das Kollegium mitbrachte, interessierten ihn nicht. Er umgab sich mit einem kleinen Stab neu eingestellter, junger Kollegen, die noch Karriere machen wollten und ihm aufs Wort gehorchten. Für das alte Kollegium gab es nur Anweisungen, Verbote und Belehrungen. So hatte er ganz schnell fast die ganze Mannschaft gegen sich."

Zusammen blättern und lesen Mutter und Tochter in den Aufzeichnungen der ersten Schuljahre an der Hauptschule:

Als ich kam, wurde Frau Hanson pensioniert, eine kleine, drahtige Lehrerin, die tatsächlich während ihrer über 40-jährigen Schulzeit keinen einzigen Tag gefehlt hatte. Ich übernahm ihre fünfte Klasse, etwas argwöhnisch beäugt, ob so ein Jungspund in der Lage sein würde, die Disziplin in dieser Klasse aufrechterhalten zu können. Genau dies wurde mein Problem. In den ersten Wochen ging es prima, die Ratschläge: Zuerst musst du streng sein, dann kannst du die Zügel lockerlassen! befolgte ich nicht, weil die Klasse und ich uns spontan mochten und ich scheinbar ganz locker mit ihnen umgehen konnte. Aber nach dem ersten Honeymoon gab es dann doch immer mehr Schüler, die dieses und jenes probieren mussten und sich wunderten, wenn sie dafür von mir nicht bestraft, sondern nur freundlich ermahnt wurden.

Ich musste also strenger werden, und das ist immer schwieriger, wenn man vorher locker war. Manchmal lachen die Kinder mich aus, wenn ich versuche, streng zu sein, und dann muss ich mitlachen. Ich habe aber einen heimlichen Chef in der Klasse, Mohamed, ein schlauer Tunesier, der von allen respektiert wird. Seit ich das herausgefunden habe, läuft vieles einfacher, ich mache die Ansagen, Mohamed regelt die Details. Von Mohamed kann ich lernen, wie man auf eine sehr angenehme und sympathische Art alles geregelt kriegt. Er ist immer freundlich, selbstbewusst, dabei nie arrogant – obwohl er weiß, dass er sowohl die Klasse als auch seinen Klassenlehrer in der Hand hat.

Mein Kollege Theo, der in der Parallelklasse unterrichtet, hilft mir sehr. Wenn ich Fragen habe, nicht weiter weiß, Probleme nicht lösen kann, beruhigt er mich und nimmt mich unter seine väterlichen Fittiche. Er wird nie laut, das finde ich faszinierend. Wenn er leiser spricht, werden auch seine Schüler mucksmäuschenstill und hören aufmerksam zu. Ich habe noch nie gehört, dass er einen Schüler ausgeschimpft hat, trotzdem hat er seine Klassen absolut im Griff. Bei ihm reicht ein Blick oder das Absenken der Sprechlautstärke.

Ob ich jemals dahin komme? Bei den Musikstunden in fremden Klassen, bei denen ich mit einem kleinen Pappkarton mit Rassel, Bongo und Glockenspiel von Klasse zu Klasse eile, verzweifele ich manchmal. Ich bekomme den Punkt nicht mit, wo die Stimmung umschlägt, warte viel zu lang, bis ich eingreife, und habe dann das tobende Chaos um mich herum. Seit kurzem darf ich für Musik in den Mehrfunktionsraum, wo auch der Fernseher steht. Das ist schon mal eine Erleichterung, denn dort kann ich Bücher, Hefte und die wenigen Instrumente lassen. Aber wenn ich Pech hab, sitzt dort Kaczinsky mit einer Klasse und schaut einen Film. Und das ist natürlich wichtiger als Musikunterricht, das sehe ich dann auch sofort ein, kehre mit der ganzen Klasse wieder um und improvisiere.

Neulich, als ich aus so einer Chaosstunde rauswankte, lief ich meiner Kollegin Ulla in die Arme. Sie guckte mich kurz an, sagte: Jakob, setz dich erst mal hin, du siehst total blass aus, nicht, dass du uns noch umfällst! Dann fragte sie nach, was denn los ist. Ich erzählte und sie sagte: Jakob, egal was passiert, du darfst nicht zulassen, dass diese kleinen Monster dir den Unterricht kaputt machen! Das wär doch noch schöner! Du bist der Chef im Ring, und du musst ihnen das klar und deutlich machen, dann wird alles leichter. Für dich und auch für die Kinder. Die brauchen klare Ansagen, gib sie ihnen. Damit hilfst du ihnen und vor allem dir selbst.

Das fand ich tröstlich. Wenn es nicht so schwer wäre, klar zu sein!

„Mama, du hast ja Tränen in den Augen!"

Stella tupft etwas mit ihrem Taschentuch und schaut ihre Tochter an. „Ja, ich kann das sehr gut nachempfinden und das überwältigt mich gerade. Wie viele Jahre habe ich damals auch gebraucht, bis ich einigermaßen klar war in meinen Ansagen und Aktionen. Für Leute wie Jakob oder mich ist das eine harte Schule, durch die man hindurchmuss. Wenn man eher der weiche, freundliche, verständnisvolle, musische Typ ist, muss man richtig kämpfen, um nicht unterzugehen. Manchmal klappt es mit der Zeit, aber es gibt auch immer wieder Rückschläge, wo man dasteht wie ein kleiner Referendar im ersten Monat. Man entwickelt mit den Jahren Routinen, aber man überdeckt auch viel. Wer will sich schon dauernd selbst fragen, ob er wirklich geeignet ist für diesen Job?"

„Würdest du denn heute nochmal Lehrerin werden wollen, Mama?"

Stella nimmt einen Schluck aus ihrem Kaffeebecher und schaut in die Ferne. Madita glaubt schon, sie habe die Frage überhört oder vergessen, da schaut ihr Stella in die Augen und antwortet:

„Ja, ich glaube schon. Ich mache es wirklich gerne. Die Arbeit mit den Kindern, wenn man sieht, dass sie sich weiterentwickeln, dass man ihnen helfen kann, in die richtige Spur zu kommen. Das ist wunderbar, das möchte ich nicht missen. Auch die Freundschaften zu Kindern, das Vertrauen, dass sie einem entgegenbringen. Die Freude und Begeisterung, die sie haben, wenn sie etwas Neues oder Interessantes entdeckt haben. Das geht einem ans Herz, das baut einen auf, das hilft, vieles andere zu ertragen. Auch endlose Konferenzen, immer neue Erlasse, ellenlange Curricula, den ganzen sinnlosen Papierkram, nervtötende Eltern, Kollegen und Schulleitungen."

„Ist das der Mutter-Theresa-Effekt?"

„Vielleicht so etwas in der Art, ja. Das klingt vielleicht kitschig, aber so ein glückliches Kinderlächeln hilft mir durch den ganzen, blöden Tag!"

„Ich find das schön, Mama, dass dein Antrieb nicht die nächste Stufe der Karriereleiter ist, sondern so etwas."

Stella schaut ihre Tochter an, sie sieht in Maditas Gesicht ihre eigene Begeisterungsfähigkeit von damals, die frische Unverbrauchtheit und unbändige Lust, die Welt besser zu machen. Ein Glücksgefühl breitet sich in Stella aus, sie ist stolz auf ihre Tochter und froh darüber, dass sie verstanden wird.

„Ja, das ist wirklich der Motor, nicht Karriere, das hat weder Jakob noch mich jemals interessiert. Ohne diesen Motor würde ich alles hinschmeißen. Und bei Jakob war es bestimmt ähnlich. Bloß dass man bei den älteren Schülern und den großen Klassen solche Erlebnisse wahrscheinlich viel seltener hat als an meiner kleinen, schnuckligen Förderschule."

Was Macht macht

Während der nächsten Tage geht es Stella immer wieder durch den Kopf, was sie mit ihrer Tochter besprochen hat. Nein, Stella hat nie ernsthaft über Karriere nachgedacht. Wobei die Gelegenheiten auch überschaubar waren. Natürlich ist Karriere nichts Schlimmes. Aber bei vielen Kollegen und Kolleginnen, die aufgestiegen sind, hat sie Veränderungen festgestellt. Es macht etwas mit den Menschen, wenn sie plötzlich mehr Macht haben, wenn sie über andere zu bestimmen haben, mehr Geld verdienen. Es ist wie ein schleichendes Gift, das man erst bemerkt, wenn es zu spät ist. Die Unbefangenheit, mit der man sich unterhält, Witze macht, persönliche Dinge mitteilt, geht als erstes verloren. Gespräche stocken plötzlich an Stellen, wo Stolperfallen drohen. Gedanken wie: *Warum erzählst du mir das jetzt?* oder: *Was passiert, wenn ich jetzt ehrlich antworte?* schleichen sich unversehens in eigentlich normale Gespräche wie ein heimtückisches Gift und entfalten ihre tödliche Wirkung.

Stella hat es mehrmals erlebt, besonders deutlich bei Sara. Sara kam neu auf die Schule, sie hatte vorher einen Forschungsauftrag an der Uni gehabt und ihren Doktor gemacht. Also eigentlich war sie schon weit gekommen in jungen Jahren, aber sie wirkte offen und freundlich, war an allem interessiert. Stella fand sie sehr sympathisch und hatte den Eindruck, Sara wäre jemand, mit dem man durch dick und dünn gehen könnte. Sie redete manchmal ein bisschen kompliziert, aber Stella schob das darauf, dass sie ja lange Jahre an der Uni mit ihrer Doktorarbeit und jeder Menge wissenschaftlicher Theorie verbracht hatte. Auf jeden Fall war sie offen für alle Anregungen und Tipps aus der Praxis und schnell gut gelitten im Kollegium.

Sara war sich für nichts zu schade, blieb bis abends in der Schule, kopierte, heftete, sortierte, half dem Kollegium und der Schulleitung, wo sie nur konnte. Und plötzlich wurde klar: Sie wollte selbst in die Schulleitung.

Das ging auf einmal ganz flott, die Kollegen waren entgeistert, so schnell wie sie war bisher noch keiner durchgestartet. Die Konferenz, die sie als Teil der Prüfung leiten musste, war schludrig vorbereitet und schlecht durchgeführt. Es gab weder ein vorzeigbares Ergebnis, noch eine Ergebnissicherung. Jeder Referendar wäre mit so etwas durchgefallen, aber Sara bestand die Prüfung mit sehr gut und war ab sofort Teil der Schulleitung.

Von diesem Tag an veränderte sich alles. Sara war plötzlich wer und ließ das jeden spüren, immer wieder. Dass sie nur durch Glück und Protektion durch die Prüfung gekommen war, verdrängte sie schnell. Ihre Beiträge in Konferenzen waren gefürchtet, überall hakte sie nach, am liebsten bei Selbstverständlichkeiten. Die Kollegen fragten sich: *Begreift die wirklich so wenig oder will sie uns ärgern? Oder will sie vergessen machen, dass sie die schlechteste Konferenz aller Zeiten abgeliefert hat?*

Genauso gefürchtet waren ihre theoretischen Beiträge zur Diskussion, bei denen man sich hinterher fragte: *Was hat sie jetzt eigentlich gemeint? Und was wollte sie uns damit sagen?* Auf Kritik reagierte sie sehr empfindlich. Da sie aber von der Schulpraxis wenig Ahnung hatte, machte sie natürlich haufenweise Fehler, die man aber besser nicht bemerken sollte. Und ihre Fachkompetenz durfte man auf gar keinen Fall infrage stellen. Stattdessen spezialisierte sie sich darauf, Kollegen Fehler unter die Nase zu reiben, am liebsten mit spitzen Bemerkungen und im Beisein anderer. Saras ehemalige Beliebtheit sank nach ihrer Beförderung kontinuierlich. Die Einzige, die das anscheinend nicht richtig mitbekam, war sie selbst. Sie fand sich anscheinend unwiderstehlich und merkte nicht, dass sie stattdessen unausstehlich geworden war.

Als normaler Kollege wird man mit der Zeit isoliert, wenn man sich so verhält. Aber als Schulleitungsmitglied hält man sich nicht mehr so viel im Lehrerzimmer auf, oft nur noch, um Kollegen Mitteilungen zu machen, Anweisungen zu erteilen oder zu kontrollieren, ob denn auch alle brav ihre Aufsichten machen. Wenn der joviale Schulleiter im Lehrerzimmer auftaucht, wird er angesprochen, in Gespräche eingebunden. Wenn Sara dort auftaucht, verstummen die Gespräche, die Kollegen schauen in die andere Richtung, und alles atmet auf, wenn sie endlich wieder draußen ist. Schrecklich, diese Vorstellung, alle warten nur darauf, dass du wieder verschwindest. Ist das der Preis, den man für die Karriere bezahlen muss? Dass man nicht mehr weiß, ob man noch richtige Freunde hat? Dass man zu spät merkt, wenn Gleichgültigkeit oder gar Verachtung sich als Freundlichkeit oder Höflichkeit tarnt?

Nicht bei allen Aufsteigern ging es so schief wie bei Sara, andere machten es geschickter, vorsichtiger, achteten darauf, keinen vor den Kopf zu stoßen. Aber trotzdem war bei den meisten eine Entfremdung zu spüren, diese Gedanken im Hinterkopf, dieses latente Misstrauen. Robuste Naturen nehmen das in Kauf oder bemerken es vielleicht gar nicht. Oder sie machen durch hemdsärmelige Jovialität einiges wieder wett, wie Stellas Schulleiter. Der macht viele Fehler, aber er gibt sie auch zu und hält den Kontakt mit dem gemeinen Volk immer aufrecht, versucht auf Augenhöhe zu bleiben, sodass man ihm nicht wirklich dafür böse sein kann, dass er seiner Aufgabe nicht wirklich gewachsen ist.

Stella überlegt, ob dieses Misstrauen gegen „oben"
auch ein Relikt ihrer eigenen Erziehung ist? Sie ist in den
Sechzigern und Siebzigern groß geworden, da hieß es
noch: *Keine Macht für niemand!* Sie hat an Sitzstreiks vor
Atomkraftwerken und an der großen Friedensdemo in
Bonn teilgenommen. Das Misstrauen gegen Autoritäten
hat sich immer wieder bestätigt: Die Politiker logen das
Blaue vom Himmel herunter, wenn es um Atomkraft
oder Waffensysteme ging. Die alten Nazis hatten sich
nach dem Krieg jahrzehntelang in Regierungen und
Gerichten weiter zu schaffen gemacht. Wem sollte man
da vertrauen? Und als auch die Lichtgestalt Willy Brandt
erpressbar und gewöhnlich wurde, als die sozialliberale
Regierung im Namen des Terrorkampfes damit begann,
den Rechtsstaat in einen Polizeistaat zu verwandeln,
blieb keiner mehr, dem man vertrauen wollte.

Wie oft waren sie in den Siebzigern kontrolliert
worden, weil hinten auf dem bunt bemalten VW-Käfer
der Anti-Atom-Aufkleber prangte! Polizisten mit mar-
tialischen Kampfanzügen und der Waffe im Anschlag
bildeten sich ein, dass Terroristen mit solchen Autos
durch die Gegend fahren würden. Genauso dumm wie
die sächselnden Grenzsoldaten in der DDR, die immer
nur Langhaarige filzten und stundenlang warten ließen,
während Mercedesfahrer fröhlich durchgewinkt wurden. Der Hass auf alle zu offensichtlich nicht Ange-
passten verband die Obrigkeit der DDR und der BRD.
Und verschärfte natürlich das Misstrauen gegen „die da
oben".

Während des Studiums kam dann noch der Radika-
lenerlass dazu. Berufsverbot für alle, die der Verfassungsschutz als Sicherheitsrisiko für die freiheitliche Grund-

ordnung einstufte. Nicht nur Kommunisten oder Mitglieder linker Parteien wurden vom Verfassungsschutz beobachtet und vom öffentlichen Dienst ferngehalten, sondern auch viele, die sich irgendwann mal in der Öffentlichkeit kritisch geäußert hatten. Und diese ganze staatlich verordnete Gesinnungsschnüffelei und Pogromstimmung gegen alles, was „links" war, wurde nicht etwa von den Rechten initiiert, sondern von Willy Brandts und später Helmut Schmidts sozialliberaler Regierung. Das stärkte nicht gerade das Vertrauen der jungen Generation in den Staat und seine Organe.

Trotzdem haben viele aus Stellas Generation irgendwann ihren Frieden gemacht mit diesem Staat. Sie haben brav ihren Beamteneid abgelegt und waren fortan Teil des Systems. Der immer wieder beschworene und befürchtete Marsch durch die Institutionen endete für viele damit, dass sie einen ordentlich bezahlten Posten, Familie, Kinder hatten, vielleicht sogar eine eigene Wohnung abbezahlten, und zu wertgeschätzten und zufriedenen Mitgliedern der Gesellschaft wurden. Stella auch, das wurde ihr durch die Beschäftigung mit ihrer Vergangenheit noch einmal richtig deutlich. Sie hatte sich lange Jahre noch ein kleines Stückchen Anarchismus und Freiheit bewahrt durch ihre Dreierbeziehung. Aber mit ihrem Wunsch, Kinder zu kriegen und zu heiraten, endete auch dieses Relikt der wilden Jahre, in denen es doch früher so schön hieß: *Wer zweimal mit derselben pennt, gehört schon zum Establishment.*

Aber während andere fleißig an ihrem weiteren beruflichen und gesellschaftlichen Aufstieg bastelten und ihre Wünsche, Vorstellungen, Überzeugungen von einst über

Bord warfen, hatte Stella sich zwar gemütlich eingerichtet im Beamtensystem, aber nicht korrumpieren lassen von den Verlockungen der Macht. Das hoffte sie wenigstens. Sie liebte ihre Arbeit als Lehrerin mit den Kindern und war bisher im Traum nicht auf den Gedanken gekommen, das aufzugeben. Wofür? Für mehr Geld? Prestige? Macht? Um sich zu beweisen, was in ihr steckte? Was in ihr steckte, wusste sie, und die Kinder in ihrer Klasse wussten es auch und profitierten davon.

In den Gesprächen mit Madita muss Stella immer wieder aufpassen, dass sie ihre eigene Allergie gegen Karriere nicht überträgt. Sie merkt ja, dass Madita sich sehr für Schule interessiert und ernsthaft darüber nachdenkt, ob sie selbst auch Lehrerin werden möchte wie ihre Mutter. Das kann sich Stella sehr gut vorstellen, ihre Tochter hat ein sonniges Gemüt, weiß viel, hat den Humor und die Gelassenheit, die man als Lehrer unbedingt braucht. Sie kann andere mit ihrer Freude und Begeisterung anstecken, ist sozial, hat einen Blick für andere und das, was ihnen fehlen könnte. Aber Stella hat sich immer gehütet, ihrer Tochter zu empfehlen, diesen Weg einzuschlagen, weil sie nur zu gut die vielen Schattenseiten kennt. Sie hat bisher immer gehofft, Madita fände doch noch Gefallen an anderen Berufen. Aber wenn sie unbedingt Lehrerin werden will, okay, dann soll sie es probieren.

Natürlich darf Madita als Lehrerin auch Karriere machen, Fachleiterin, Seminarleiterin, Abteilungsleiterin oder Schulleiterin werden. Warum auch nicht? Die jungen Leute sind ganz anders aufgewachsen und haben eine völlig andere, unverkrampfte Sicht auf diese ganzen Dinge. Stellas Skrupel stammen ja aus ihrer eigenen

Geschichte. Und es muss doch auch vernünftige Leute in leitenden Funktionen geben, die sich nicht selbst verbogen haben, um dorthin zu kommen. Dringend sogar! Wie viele Schulen gehen kaputt, weil sie von unfähigen Schulleitungen kaputt gemacht werden, unter den Augen von Kindern, Eltern, Kollegen und vor allem der Schulaufsicht, die die falschen Leute auf die falschen Posten gehoben hat!

Sweet Suicide

Madita hat sich die frühen Tagebücher von Jakob geholt und vergräbt sich darin. Sie will alles darüber wissen, wie es ist, als junger, unerfahrener Lehrer in die geheimnisvolle und komplexe Welt der Schule einzutauchen, ihre Rituale und Regeln kennen zu lernen. Ab und zu kommt sie zu ihrer Mutter und fragt nach: „War das wirklich so?" oder „Ist das immer noch so?" Heute kommt sie ganz aufgeregt in Stellas Arbeitszimmer und liest ihr eine längere Passage vor:

War heute in Bonn in der Psychiatrie und habe eine Schülerin von mir besucht, Britta. Sie hat vor drei Tagen einen Selbstmordversuch gemacht und muss jetzt eine Weile dortbleiben. Bin aufgewühlt und völlig fertig. Sie wirkte apathisch, ich weiß nicht, was sie überhaupt mitbekommen hat, wahrscheinlich bekommt sie Medikamente. Ich mache mir Vorwürfe, dass ich nicht eher reagiert habe. Dabei habe ich doch gemerkt, dass mit ihr etwas nicht stimmte. Aber ich war völlig hilflos.

Britta ist groß, gut gewachsen, ein hübsches, sportliches Mädchen. Sie ist keine besonders gute Schülerin, solides Mittelmaß. Ich mag sie gut leiden, auch wenn sie manchmal ein bisschen frech und vorlaut ist. Vielleicht ist das ihre Art, sich in der Gruppe der Mädchen zu behaupten, in der es viele nette und hübsche Schülerinnen gibt, die mit Begabung und Fleiß punkten können. In den letzten Monaten suchte sie öfter meine Nähe. Einmal, als gerade alle aus der Klasse zur Pause hinausgegangen waren, fand ich auf meinem Lehrerpult ein kleines, zusammengefaltetes Zettelchen. Als ich es auseinanderfaltete und las, bekam ich einen roten Kopf. Es war offensichtlich eine Liebeserklärung an mich, allerdings in einer stark sexualisierten Sprache. Das erwischte mich kalt, damit hätte ich nie gerechnet!

Es war eindeutig, dass sie mir galt und auch gezielt auf dem Pult abgelegt worden war. Es war auch ziemlich eindeutig, dass sie von Britta kam, obwohl kein Name darunter stand. Ich kannte ihre große und etwas verschnörkelte Schrift ganz gut, so schrieb niemand sonst aus der Klasse. Was sollte ich jetzt damit machen? Mein Herz klopfte wie ein Dampfhammer. An diesem Tag konnte ich keinen klaren Gedanken mehr fassen. Als ich meine Klasse später noch einmal unterrichtete, versuchte ich, mir nichts anmerken zu lassen, und Britta möglichst nicht anzusehen. Ich hatte aber das Gefühl, nicht nur von ihr die ganze Zeit angestarrt zu werden, das war äußerst unangenehm. Ich wusste gar nicht mehr, wo ich hingucken sollte.

Ich war den ganzen Tag völlig von der Rolle. Ich war sicher, dass das Ganze so eine Art Test für mich war. Bestimmt wollte Britta sich einen Spaß machen und ihren jungen, unerfahrenen Klassenlehrer mal so richtig verwirren. Die Mädchen in der Klasse hatten öfter mal gefragt, ob ich verheiratet sei und Kinder habe. Als ich dies verneinte, hatten sie weitergebohrt, ob ich denn eine Freundin habe und später mal Kinder haben wolle. Ich hatte mich wieder einmal darüber gewundert, wie traditionell ihre Vorstellungen waren, mir aber nichts weiter dabei gedacht. Vielleicht wollten sie mich mal austesten und hatten die freche Britta vorgeschickt?

Allerdings waren die Formulierungen im Briefchen so versaut und drastisch, dass ich mir nicht vorstellen konnte, dass meine braven Mädels da mitgemacht hätten. Nein, unmöglich, die wären bei diesen Worten genauso rot geworden wie ich! Oder unterschätzte ich sie? Vielleicht Anne, die konnte ziemlich ordinär sein. Nein, eigentlich nicht, das traute ich ihr nicht zu. Aber ich hätte es auch Britta nicht zugetraut! Wenn mir jemand dieses Briefchen gezeigt und gefragt hätte: Kann das von deiner Britta sein? hätte ich vehement den Kopf geschüttelt!

Abends sprach ich mit Stella darüber und zeigte ihr das Zettelchen. Sie hörte sich meine Erklärungsversuche an, schüttelte immer wieder den Kopf, schaute mich lange an und sagte dann: Lieber Jakob, hast du mal eine Sekunde darüber nachgedacht, dass dieses arme Mädchen sich vielleicht tatsächlich in dich verliebt hat? Dass sie alles auf eine Karte gesetzt hat, ohne Rücksicht auf die Folgen, weil sie es einfach loswerden muss? Was ja wahnsinnig schwierig ist bei einem jungen, attraktiven Klassenlehrer, der lauter hübsche Mädchen in seiner Klasse hat, die um ihn herumschwirren wie Bienen um den Honig.

Warum hat sie dann aber einen völlig unangemessenen Ton gewählt, statt dir ein kleines Herz zu schenken oder ein schüchternes Kompliment zu machen? Das ist allerdings eine schwierige Frage. Wenn sie ein bisschen helle im Kopf wäre, würde sie ja ahnen, dass sie auf dieser obszönen Ebene nichts *erreichen kann. Es sei denn, sie glaubt, du stehst auf so etwas. Ich fürchte, es gibt dafür nur eine schlüssige Erklärung: Britta hat Umgang mit erwachsenen Männern, die gerne von ihr auf diese Weise angesprochen werden wollen. Kann es sein, dass sie von ihrem Vater, Stiefvater, Onkel oder wem auch immer missbraucht wird? Das würde diese übersexualisierte Sprache erklären, als Hilferuf sozusagen.*

Ich merkte, wie mir die Beine wegkippten, ich musste mich schnell zu Stella setzen. Mir wurde kotzübel und ich fing an zu zittern. Plötzlich fiel es mir wie Schuppen von den Augen: Brittas Vater! Wenn er mit zum Elternsprechtag kam, war Britta jedes Mal total eingeschüchtert. Ich hatte schon mehrmals den Verdacht, dass er sie schlägt. Ein großer, muskulöser Mann, wenn er einem die Hand gab, war man froh, dass alle Knochen noch heil waren, wenn er wieder losließ. Er sprach mit einer lauten, dröhnenden Stimme, während seine Tochter sich auf ihrem Stuhl wie ein kleines Mädchen zusammendrückte und nichts sagte, nur nickte oder den Kopf schüttelte.

Die Mutter dagegen ist eiskalt wie ein toter Fisch. Sie ist offensichtlich nicht besonders interessiert an ihrer Tochter. Vielleicht ist Britta gar nicht ihre Tochter. So wirkt ihr Verhalten auf jeden Fall, steril, kalt. Wenn es stimmt, dass der Vater die Tochter missbraucht, weiß Mama das garantiert, tut aber so, als ob nichts wäre. Eine Familienkonstellation zum Fürchten. Britta hat keine Geschwister. Sie ist zu Hause mit Papa und Mama allein. Und die Eltern werden alles tun, damit nichts nach außen dringt. Britta ist vierzehn. Sie kann nicht einfach von zu Hause weggehen. Und wo sollte sie auch hin?

Stella holte mich erst einmal wieder runter auf den Teppich: Du darfst dich da jetzt nicht verrennen, vor allem darfst du keine voreiligen Schlüsse ziehen und Fehler machen, die du hinterher nicht mehr gutmachen kannst. Du musst erst einmal alleine mit Britta sprechen, aber aufpassen, dass die Tür aufbleibt. Du musst ihr die Gelegenheit geben, das Zettelchen zu erklären, ohne dass sie ihr Gesicht verliert oder Konsequenzen befürchten muss. Sie muss merken, dass du die Botschaft verstanden hast und dass du sie magst, aber nicht so, wie sie sich das vorstellt. Du hast einen großen Vertrauensvorschuss von ihr bekommen und solltest ihr zusichern, dass du nichts nach außen trägst, mit dem sie nicht einverstanden ist. Ich weiß nicht, ob du dir das zutraust? Eine ganz heikle Angelegenheit! Mit einer neutralen, möglichst weiblichen Person dabei wäre natürlich alles leichter. Aber das Vertrauen wäre damit zerstört, dass sie in dich gesetzt hat.

Am nächsten Tag fand das Gespräch statt, in der Pause in der leeren Klasse, aber bei offener Tür. Es lief alles schief, was schieflaufen konnte. Wir wurden zweimal durch Jungs gestört, die noch etwas aus der Klasse holen mussten. Ich stotterte herum, sie sagte gar nichts, wirkte wie ein Straftäter, den man erwischt hat. Sie gab noch nicht einmal zu, dass das Briefchen von ihr war, wirkte völlig verstockt. Egal, welche Tonlage ich anschlug. Als ich ihren Vater erwähnte, guckte sie weg, als wollte sie sagen: Wenn du den jetzt hier noch mit reinziehst, dann ist alles aus. Wenn sie Vertrauen in mich gehabt hatte, war es mit diesem Gespräch zerstört.

Ich war so am Boden nach diesem missglückten Gespräch, oder besser, nach diesem Monolog, dass ich mich krankmeldete und nach Hause fuhr. Was hatte ich denn erwartet? Dass sie mir alles erzählt von ihrem Vater und von ihrer Liebe zum Klassenlehrer und wir dann als beste Freunde auseinandergehen? Sie ist vierzehn, sie hat sich verliebt, sie hat eine riesige Dummheit gemacht. Sie versucht die Methode ihrer

Mutter, einfach so tun, als ob nichts gewesen wäre. Sie hofft, damit aus dieser Nummer wieder rauszukommen.

Natürlich muss ich jetzt die Klappe halten und hoffen, dass sie sich wieder beruhigt. Während Papa zu Hause weitermachen kann wie gewohnt, sie wird kein Wort darüber verlieren. Stella versuchte, mich abends wiederaufzurichten, meinte, es könne ja sein, dass alle oder manche meiner Deutungen falsch sind: Was ist denn, wenn es zum Beispiel doch nicht Britta war, die das Briefchen geschrieben hat? Dann ist ihr Verhalten gut zu erklären. Sie fühlt sich vielleicht ein wenig ertappt, weil sie für dich schwärmt. Aber sie fühlt sich von dir total ungerecht behandelt, weil du ihr so ein mieses Machwerk zutraust. Und dann bringst du auch noch ihren Vater ins Spiel, der zwar grob und laut und streng ist, aber ihr nie zu nahekommen würde.

Diese möglichen Alternativen richteten mich nicht auf, im Gegenteil. Jetzt war ich richtig am Tiefpunkt. Dachte ich. Britta guckte mich nicht mehr an, wich mir aus. Die ganze Klasse schien mir seltsam zu sein, aber vielleicht war das nur die Reaktion auf mein ungewohntes, niedergeschlagenes Verhalten. Mein Selbstbewusstsein war auf Ameisengröße zusammengeschrumpft. Ein paar Kollegen fragten mich, was mit mir los sei. Ich verriet nichts, erzählte irgendein unverbindliches Zeug. Dann fehlte Britta in der Schule. Und dann bekam ich diesen Anruf, dass Britta in Bonn stationär behandelt wird. Jetzt war ich endgültig gescheitert. Meine Schülerin macht einen Selbstmordversuch! Ich kann ihn nicht verhindern, weil ich die Signale, die sie ausgesendet hat, nicht verstanden habe und nicht richtig damit umgehen konnte!

Ich konnte nachts nicht mehr schlafen, wälzte mich mit sich ständig wiederholenden, zermürbenden Gedanken hin

und her, hörte mich immer wieder bei diesem völlig miss-
glückten Gespräch hilflos stammeln, sah immer wieder das
verschlossene Gesicht des Mädchens, das völlig dichtmachte.
Ich hätte mir im Kollegium Hilfe holen müssen, hätte das
nicht allein durchziehen sollen! Aber jetzt war es zu spät. Ich
hatte meine Lektion gelernt und Britta war in der Psychiatrie.
Hatte ich den Mut, sie dort zu besuchen? Ja, davor durfte ich
mich nicht drücken. Würde sie mit mir sprechen? Würde
ich's diesmal nicht versauen? Wie könnte ich ihr überhaupt
helfen?

Als ich ankam, hatte ich ein Taschenbuch dabei, das ich vor
einigen Jahren gelesen hatte. Einen spannenden Krimi, in dem
herauskam, dass der Vater jahrelang seine Tochter geschlagen
und missbraucht hatte. Als sie mitbekam, wie er sich auch noch
an ihrer jüngeren Schwester zu schaffen machte, wandte sie
sich in ihrer Not an die Mutter, die ihr aber nicht glaubte. Ich
wollte ihr das Buch in die Hand drücken, wenn ich den
Eindruck hatte, es wäre passend und könnte ihr zeigen, dass
ich ahnte, was sie erlebt hatte. Aber dazu kam es nicht.
Vielleicht war das auch gut so. Was wäre passiert, wenn die
Eltern dieses Buch bei ihrer Tochter entdeckt hätten?

Britta war so weit weg, wie sie da in ihrem Bett lag, ich war
noch nicht einmal sicher, dass sie mich erkannt hatte. Sie
schaute eher durch mich hindurch, mit einem unendlich
traurigen Blick, der mich noch nächtelang verfolgte. Sie kam
auch nicht wieder zurück in die Schule, ich bekam eine Notiz,
dass die Eltern sie von der Schule abgemeldet hatten.

Madita hat aufgehört zu lesen, schnieft, putzt sich die
Nase und schaut zu ihrer Mutter hinüber, die auch
gerade mit einem Taschentuch hantiert: „Erinnerst du
dich daran, Mama?"

„Natürlich, ja, das weiß ich noch ganz genau. Jakob war damals soweit, dass er aufhören wollte, einfach hinschmeißen. Er war überzeugt, dass er alles falsch gemacht hatte und dass er der Situation überhaupt nicht gewachsen war. Er fühlte sich schuldig, als ob er dieses Mädchen verraten hatte."

„Aber was hätte er denn tun sollen in so einer Situation?"

„Eben, das war es ja. Er war unerfahren und ist bestimmt nicht besonders geschickt vorgegangen, sicherlich. Er hätte frühzeitig Hilfe dazu holen müssen, das hatte ausgerechnet ich ihm ja noch ausgeredet. Nein, das Ganze war niederschmetternd, aber nicht seine Schuld. Das habe ich ihm auch immer wieder gesagt, aber es nützte nichts. Er wollte es nicht hören, er wollte es nicht annehmen."

„Und wie ging es dann weiter?"

„Er hat sich wochenlang damit gequält, es tat weh, sich das anzuschauen und nicht helfen zu können. Dann hat ihn der nette, erfahrene Kollege aus der Parallelklasse gefragt, was eigentlich mit ihm los sei. Und da haben sie sich bei Theo getroffen, Theo hat lecker für ihn gekocht, sie haben Rotwein getrunken und dabei hat Jakob endlich alles erzählt. Seitdem waren sie befreundet. Immer, wenn er nicht weiterkam in der Schule, fragte er Theo, und der wusste meistens Rat. Er nahm ihn unter seine Fittiche, könnte man sagen. So einen väterlichen Kollegen und Freund wünscht man jedem Neueinsteiger."

„Und dann ging es Jakob wieder besser?"

„Ja, man konnte es in seinen Augen sehen, da war wieder Hoffnung, da war wieder Freude am Leben. Ohne Theo wäre Jakobs Schulzeit damals zu Ende gewesen, glaube ich."

„War er oft zu Besuch?"

„Nein, ich habe ihn bei uns nur einmal gesehen, glaube ich. Ein sehr sympathischer Mensch. Meistens trafen sie sich bei Theo, der wohnte ja auch nicht weit weg von der Schule. Theo war ganz wichtig für Jakob, er hat ganz viel von ihm gelernt. Leider ist Theo später sehr krank geworden und hat sich frühpensionieren lassen. Dann ist der Kontakt zu ihm schwächer geworden. Ich hatte manchmal den Eindruck, Jakob nahm das fast persönlich, hatte das Gefühl, dass Theo ihn alleine ließ in der Schule. Dabei hatte er ein wirklich nettes Kollegium, war mit einigen von ihnen befreundet."

„Hattest du auch so einen Mentor?"

„Ich hatte eine sehr nette ältere Kollegin, die wurde zu meiner Mentorin. Es entstand keine richtige Freundschaft daraus, aber ich konnte sie jederzeit ansprechen und sie nahm sich immer Zeit für mich und half mir. Das ist wirklich wichtig am Anfang. Ich weiß gar nicht, wie man als junger Kollege Schule überstehen kann, wenn man so jemanden nicht hat."

„Du machst einem nicht gerade Mut, Mama!"

„Entschuldigung, Madita. Ich möchte dich nicht entmutigen, wenn du diesen Weg gehen willst, sollst du ihn auf jeden Fall gehen. Du hast meinen Segen und meine Unterstützung dabei. Aber du sollst auch wissen, welche Stolperfallen am Weg lauern. Ich glaube, jeder Lehrer kennt in seinem Lehrerleben Momente, wo er verzweifelt, wo er am liebsten alles hinschmeißen möchte. Vielleicht stärker als in den meisten anderen Berufen."

Veränderung

In den frühen Morgenstunden liegt Stella oft wach und grübelt. Es sind die immer gleichen Gedanken, die seit Jakobs Verschwinden und der Beschäftigung mit seinen Tagebüchern endlos und beunruhigend in ihrem Kopf kreisen: *Was ist mit Jakob? Hätte ich verhindern können, dass er weggeht? Was wäre passiert, wenn ich damals Jakob geheiratet hätte? Bin ich zufrieden mit dem Leben, das ich führe? Will ich an meiner Schule bleiben? Wie geht es weiter mit David und mir?*

Manchmal sieht sie, dass auch David sich hin und her wälzt in seinem Bett und nicht zur Ruhe kommt. Dann legt sie ihre Hand auf seine, manchmal tauschen sie ihre Gedanken aus, die sie vom Schlaf abhalten. Auch David ist nicht nur heftig mitgenommen vom Weggang seines Freundes, sondern fragt sich, wie sein Leben weitergehen soll. Und er spürt, dass seine Frau ausweicht, wenn er sie fragt, ob ihre Beziehung davon betroffen ist, dass Jakob plötzlich fehlt. Er ahnt, dass an seiner Befürchtung, er selbst sei immer nur die Nummer zwei bei Stella gewesen, mehr dran ist, als Stella es sich selbst zugestehen würde. Sie ist viel zu loyal, um so etwas je zuzugeben.

Er merkt es an der Betroffenheit, an der Fassungslosigkeit seiner Frau, das ist nicht nur der Verlust e i n e s Freundes, das ist der Verlust d e s Freundes. Die jahrelange, verlässliche, manchmal auch schon ein bisschen langweilige Stabilität ihres Ehelebens schwankt plötzlich. Es ist, als sei der Boden weggerissen worden. Abgründe tun sich auf, in die man besser nicht hinabschaut. Ihre ältere Tochter Ria hat sich schon seit einem halben Jahr abgenabelt und macht Work and Travel in Australien. Gut, dass Madita noch da ist, aber auch nicht mehr lange, sie macht ja bald ihr Abitur. Wenn sie wegzieht, werden Stella und er dann noch zusammen wohnen bleiben?

Für David selbst ist Jakob im Übrigen auch d e r Freund, der plötzlich fehlt. David hat sich nie große Mühe gegeben, Freundschaften von früher zu pflegen oder neue Freundschaften aufzubauen. Er hatte ja immer Jakob, das war sein Spezi, mit dem konnte er alles besprechen. Das war so selbstverständlich wie der Tatort am Sonntag und die allsommerliche Geburtstagsfeier im Garten. Für diese Freundschaft brauchte er nichts zu tun. Sie war einfach immer da. Ein Anruf reichte, eine Mail. Manchmal tranken sie nur einen Kaffee zusammen auf Jakobs Balkon, genossen die Sonnenstrahlen, ohne viel zu reden. Oder sie schauten Fußball zusammen oder tranken in Jakobs Lieblingskneipe schwarzes Bier.

Dieser Freund fehlt ihm an allen Enden. Oft, wenn er in sich hineingrübelt, überlegt er: *Was würde Jakob dazu sagen?* Manchmal redet er sogar halblaut mit ihm und wundert sich, dass er jetzt schon so weit ist, dass er mit sich selbst spricht. Stella lacht, als er ihr das erzählt, streicht ihm liebevoll über den silbernen Kopf und meint: „David, ich glaube, wir nähern uns langsam dem Rentneralter! Unsere Haare werden immer weniger und grauer und die Gedanken krauser!"

„Ich vermisse ihn einfach und brauche unsere Männergespräche!"

„Das kann ich dir natürlich nicht bieten, höchstens Beziehungsgespräche!"

„Um Gottes Willen, lieber nicht!"

Stella lacht wieder, schaut ihn an und sagt: „Nee, im Ernst, auch wenn du sowas gar nicht magst, aber es verändert sich etwas bei uns beiden, ich spür das, und ich wünsche mir, dass wir ehrlich miteinander bleiben!"

„Meinst du denn, dass ich dir was verheimliche?"

„Eine andere Frau oder so? Nee, das nicht. Oder?"

„Keine Sorge, ich bin monogam wie ein Höckerschwan, fast schon beängstigend! Im Gegensatz zu dir übrigens!"

„Na na, jetzt halt mal die Luft an! Ich war dir und Jakob immer treu. Oder sagen wir, fast immer."

„Und wie ist es jetzt, wo er fehlt?"

„Ich habe ihn sehr vernachlässigt in den letzten Jahren. Das merk ich aber leider erst jetzt, wo er weg ist."

„Ich habe aber von deiner überschüssigen Libido leider auch nicht profitiert, Liebes!"

„Diese Libido war in den letzten zwanzig Jahren ganz stark auf unsere beiden entzückenden Mädchen umgelenkt, Jakob. Nestbau, Kindererziehung, Familie, Schule. Da war für dich wenig übrig, und für Jakob so gut wie nichts."

„Ja, das weiß ich ja. Dazu kommt noch die Gewöhnung. Man weiß, wie der andere tickt, was er macht, man meistert den Alltag zusammen, auch dank der gemeinsamen Routinen. Die Überraschungsmomente werden weniger, jedenfalls die, die mit uns beiden zu tun haben."

Stella seufzt tief, dann fragt sie nach: „Findest du unsere Beziehung langweilig?"

„Nein, so meine ich das nicht …"

„Das darfst du ruhig sagen, ich bin nicht böse!"

„Weiß ich doch. Findest du sie denn langweilig?"

„Na, wie du sagst, ist es ziemlich berechenbar. Ich bin ganz froh, dass du kein Beamter mit festen Arbeitszeiten bist, sonst könnte es vielleicht tatsächlich etwas spießig werden."

„Meinst du, es ist ganz gut, dass ich am Wochenende öfter nicht zu Hause bin?"

„Ja, dadurch genießt man die Zeiten, die man miteinander verbringt. Ich bin nämlich gerne mit dir zusammen."

David lacht: „Ich doch auch, Stella! Du bist die einzige Frau in meinem Leben und ich fürchte, das wird auch so bleiben!"

„Wieso fürchtest du das?"

„Weil ich es nicht zustande bringe, eine andere zu lieben!"

„Hast du das denn mal versucht?"

„Oh ja, mehrmals. Allerdings eher halbherzig. Andere Frauen haben aber eigentlich keine Chance bei mir. Es kommt einfach keine an dich heran!"

„Danke für die Blumen, David. Ich weiß gar nicht, womit ich das verdient habe!"

Stella lacht ihr wildes, ungekünsteltes Lachen, das er so gerne mag, umarmt ihn und legt ihren Kopf auf seine Schulter. „Schön zu wissen, dass ich einen so treuen Ehemann habe!" Sie ist gerührt über die spontane und offenherzige Liebeserklärung ihres Mannes und hat gleichzeitig ein schlechtes Gewissen. Nicht, weil sie ihren Mann betrügt, sondern weil sie spürt, dass der Abstand zwischen ihnen größer wird. Oder, genauer gesagt, sie vergrößert den Abstand zu ihrem Mann. Oder hat sie nur nie gemerkt, dass da immer ein Abstand war, bevor

Jakob ging? Aber darüber kann sie mit David nicht reden. Sie hat Angst, ihn zu verletzen. Er ist so höllisch empfindlich und er hat Angst davor, dass er nur im Doppelpack mit Jakob für sie interessant ist.

Worüber sie mit ihm redet, sind ihre Überlegungen, ein Sabbatjahr in der Schule zu nehmen. Sie will neue Dinge ausprobieren, die sie immer schon einmal machen wollte. Allerdings würde dann für dieses Jahr sehr viel weniger Geld zur Verfügung stehen. David will wissen, was sie denn gerne machen will. Stella träumt seit langem davon, ein eigenes Atelier mit genügend Platz zu haben, um großformatig malen und modellieren zu können. Und sie möchte lernen, möchte sich mit anderen Künstlern austauschen, möchte ihre Kommilitonen von der Düsseldorfer Kunstakademie wiedersehen, möchte die Chance haben, einmal eine Ausstellung in einer richtigen Galerie zu bekommen.

Diese Wünsche schlummern schon lange in ihrem Hinterkopf, aber richtig an die Oberfläche drängen sie erst jetzt, wo alles sich ändert. Sie hat das Gefühl, wenn sie nochmal etwas wirklich Neues versuchen will, muss sie es jetzt tun und darf nicht länger warten auf später, wenn sie mal pensioniert ist. Wer weiß, ob sie dann noch die Lust und Energie und die passenden Möglichkeiten hat? *Carpe diem – Ergreife den Tag* ist der Kalenderspruch für diese Woche. Das passt! Sie will ihre Chance ergreifen, aber dabei nicht alles kaputtschlagen, was war.

David ermutigt sie in ihren Überlegungen: „Man muss das machen, was man machen will. Unbedingt! Wir kriegen das schon hin, irgendwie geht das. Ich habe von meinem alten Musikerkumpel Rob schon länger das Angebot, bei ihm im Tonstudio mit einzusteigen. Ich habe da doch meine CD aufgenommen, ein absolutes Profi-Studio mit allen Schikanen, Rob hat so viele Aufträge, dass er öfter mal Kunden wegschicken muss. Ich glaube, jetzt ist für mich die Zeit gekommen, das Wanderleben aufzugeben und so etwas zu machen."

„Was würdest du denn da machen?"

„Ich würde ihm helfen bei der Technik, er müsste mich ein bisschen anlernen. Aber vor allem stehe ich auch als Studiogitarrist zur Verfügung und zum Abmischen der fertigen Aufnahmen, das würde mir großen Spaß machen."

„Das hört sich doch gut an. Würdest du denn da auch genug Geld bekommen?"

„Auf jeden Fall mehr als jetzt. Rob sagt, er könnte doppelt so viele Aufträge annehmen wie jetzt. Das ganze Haus in Bonn gehört ihm, er hat es von seinen Eltern geerbt. Er muss also keine Miete bezahlen, und die ganze Technik ist schon da und zum großen Teil abbezahlt. Rob verdient gut."

„Er würde dich dann wahrscheinlich anstellen und dir Honorar zahlen."

„Das wäre ja völlig in Ordnung, wenn es genug ist. Aber da habe ich keine Sorge bei ihm."

In den nächsten Tagen nehmen Stella und David die Planungen für ihre beruflichen Veränderungen in Angriff. Stella erkundigt sich nach den verschiedenen Möglichkeiten, ein Sabbatjahr anzusparen oder abzuarbeiten. David besucht Rob in Bonn und macht gleich alles fest, auf ihre zukünftige Zusammenarbeit trinken sie so viel Rotwein, dass David erst am nächsten Tag mit einem heftigen Kater und ziemlich verknittert nach Hause zurückkehrt. „Rob hat sogar ein Zimmer für mich!" teilt er seiner erstaunten Frau mit, die ihn lange nicht so lädiert gesehen hat.

„Ich wusste gar nicht, dass du ausziehen wolltest!" antwortet sie mit spitzem Lächeln.

„Jetzt nicht, aber wenn du dann später immer mit deinen Künstlerfreunden in Düsseldorf rumturnst, bin ich doch ganz alleine hier!"

„Ach du armer schwarzer Kater, leg dich erstmal ein bisschen aufs Sofa, ich mach dir einen starken Kaffee, damit du wieder zu Kräften kommst! Oder möchtest du eine Bouillon?"

„Nee, Kaffee wäre prima. In meiner Lieblingstasse! Und was zu naschen."

„Pass auf, dass ich dich nicht gleich vernasche!"

„Au ja!"

Gesunder Egoismus

Stella, David und Madita sitzen nach dem Abendessen zusammen auf dem Sofa. Der Fernseher bleibt aus, stattdessen lesen sie sich gegenseitig etwas aus Jakobs Tagebüchern vor. Madita hat eine Stelle gefunden, die sie bewegt:

Mühsam lerne ich, nicht immer nachzugeben, sondern auch mal zu sagen: Hier bin ich der Chef und so möchte ich es jetzt gerne haben! Das fällt mir sehr schwer. Aber wenn man immer wieder erlebt, wie man von anderen mühelos ausgebremst wird, die überhaupt kein Problem damit haben, ihre Vorstellungen durchzusetzen, ist man irgendwann soweit. Eine Lektion werde ich nicht vergessen. Ich fehlte damals aus irgendeinem banalen Grund bei der Schulleiterbesprechung, in der es darum ging, wer im nächsten Schuljahr welche 10. Klasse übernimmt. Für mich war völlig klar, aus meiner Klasse 9 kommen die meisten Schüler mit Aussicht auf einen Realschulabschluss, also werde ich doch dann sicherlich die 10B bekommen, die zur Mittleren Reife führt. Am nächsten Tag fragte mich Theo, warum ich nicht dabei gewesen sei. Das wäre ein schwerer Fehler gewesen, denn die Schulleitung habe beschlossen, dass ich eine neue Klasse 5 bekommen würde, die anderen Lehrer hätten die 10. Klassen unter sich aufgeteilt. Auf Theos Einwand, ich hätte doch sicherlich auch Interesse daran, wurde gesagt: Dann wäre er ja jetzt hier!

Das war bitter für mich und auch für meine Schüler. Sie hatten den Eindruck, ich wolle sie abgeben und auf dem letzten Meter alleine lassen. Ich war am Boden zerstört, hätte mich ohrfeigen können für meine Blauäugigkeit. Aber es war nichts mehr zu machen, alles war geregelt und ich bezahlte Lehrgeld. Und dann bekam ich auch noch eine Klasse 5 mit heftigen Problemfällen! Ein kleiner, dicker Italiener mit abgekauten Fingernägeln und einem feisten Backpfeifengesicht brachte mich an den Rand des Wahnsinns. Giuseppe wurde von den Eltern verhätschelt bis zum Gehtnichtmehr. Sie fuhren ihn jeden Tag mit dem Auto bis vor die Schultür, damit der kleine, dicke Prinz ja nicht zu viel gehen musste. Giuseppe hatte zwei große Leidenschaften: Essen und Provozieren. Zwischendurch kaute er sich die Finger blutig.

Ich bekam jeden Tag schlechte Laune, wenn ich Giuseppe sah. Und jeden Tag wieder forderte er mich heraus zu immer neuen Machtkämpfen. Anrufe bei den Eltern nützten nichts,

Gespräche mit dem Jungen auch nicht, denn Giuseppe sagte grundsätzlich nichts, schaute mich nur triumphierend an, als wolle er sagen: Gib auf, mir kannst du sowieso nichts! Und so war es tatsächlich, er machte weder Zusatzaufgaben, noch blieb er zum Nachsitzen da. Alles wurde von den Eltern gedeckt, die immer wieder andeuteten, sie könnten sich überhaupt nicht vorstellen, wo diese ganzen Probleme herkommen würden mit ihrem entzückenden, braven Sohn. Der würde zu Hause der Mama helfen, würde dem Papa aufs Wort gehorchen und wäre das liebste Kind von allen.

Bei der von mir einberufenen Klassenkonferenz fiel mir die Schulleitung in den Rücken, es gab keine Maßnahmen nach der Schulordnung, sondern nur butterweiche Ermahnungen und ein Verhaltensprotokoll, das Giuseppe zukünftig in jeder Stunde ausfüllen und anschließend abgeben sollte. Am nächsten Tag kam es genauso, wie ich es befürchtet hatte: Ich gab Giuseppe den Vordruck für das Verhaltensprotokoll und sah, wie er einige Minuten später einen Papierflieger daraus gebastelt hatte, der durch die Klasse segelte. Die anderen Kinder schauten, wie ich reagieren würde und ich dachte: Super, wenn mir darauf jetzt nichts Passendes einfällt, basteln hier gleich alle Papierflieger und machen, was sie wollen. Was tun? Schimpfen ist vergeudete Zeit, das perlt an ihm ab. Rausschmeißen auch, der geht einfach nicht raus, und dann stehe ich blöd da.

Also rief ich Jenny, meine fitte Klassensprecherin, zu mir. Ich gab ihr den schmuddeligen Papierflieger und bat sie, beim Schulleiter doch bitte dieses Verhaltensprotokoll von Guiseppe abzugeben. Als sie wieder zurückkam, zwinkerte sie mir zu. Prima, dachte ich, hat geklappt. Mein Schulleiter bat mich darauf in der Pause zum Gespräch. Eigentlich wollte er mir nur mitteilen, dass ich davon absehen solle, ihm in den Stunden irgendwelche Schüler zu schicken. Aber ich merkte, dass die Gelegenheit günstig war, meine Wut mal loszuwerden. Ich fragte ihn, was er denn jetzt vorschlage, wenn der Schüler die einzige Auflage, die er nach der Konferenz bekam, einfach mit Füßen tritt. Da ich die Vorschläge, die von ihm kamen, alle schon erfolglos ausprobiert hatte, fiel ihm dann auch nichts Besseres mehr ein als: Dann werde ich mir die Eltern noch einmal herbestellen!

Das half tatsächlich. Giuseppes Provokationen wurden seltener, er konzentrierte sich im Unterricht fortan aufs Nägelkauen und aufs Essen, was ich nicht monierte. Ich dachte, lass ihn mampfen, da hat er wenigstens was zu tun. Und wenn er tatsächlich störte, schickte ich ziemlich rasch Jenny zum Rektor. Wenn sie bei der Rückkehr kurz mit dem Kopf schüttelte, wusste ich, er war nicht da, oder er machte nicht auf. Wenn sie zwinkerte, hatte es geklappt. Jenny fand an diesem Agentenjob Gefallen, sie stand hundertprozentig auf meiner Seite und versuchte, auch die Klasse davon zu überzeugen, nicht auf Giuseppes blöde Späße einzugehen. Nachdem der Vater zum dritten Mal beim Schulleiter vorgeladen wurde, meldete er entnervt seinen Sprössling auf der Hauptschule im Nachbarort an. Von einem Tag auf den anderen war ich Giuseppe los. Nicht nur ich, die ganze Klasse atmete erleichtert auf.

„Das ist doch schlimm, oder?" ruft Madita, nachdem sie zu Ende gelesen hat. „Gibt es sowas öfter?"

„Das kommt ein wenig auf die Schulform an. An der Hauptschule sicher öfter als am Gymnasium, da hast du über die Noten und über die ehrgeizigen Eltern mehr Möglichkeiten, solch ein Verhalten zu verhindern."

„Ich wüsste gar nicht, wie ich auf solche Schüler reagieren sollte. Ich finde, Jakob hat das ganz gut gemacht."

„Genial, ja. In seiner Verzweiflung hat er dem Schulleiter ein Stück der Verantwortung übertragen. Und der war wahrscheinlich in seiner Rektorenehre gekränkt und wollte beweisen, dass er ein starker und handlungsfähiger Schulleiter ist."

David murmelt vor sich hin: „Ich bin so froh, dass ich kein Lehrer geworden bin! Ich könnte sowas überhaupt nicht managen! Ich würde untergehen wie eine bleierne Ente!"

„Danke, du machst mir richtig Mut, Papa!" mokiert sich Madita.

„Ich habe doch nur von mir gesprochen, Kind. Du bist da völlig anders, du hast eher die Gene deiner Mutter, wenn es um Durchsetzungskraft und Optimismus geht."

Stella streicht über Davids Hände: „Danke, David, so viel Lob bin ich gar nicht mehr gewohnt. Aber ich stimme mit dir darin überein, dass Madita fröhlich und ohne sich verrückt zu machen ihren eigenen Weg gehen wird, da bin ich ganz sicher. Egal, was du tust, Tochter!"

Madita grinst, bedankt sich, und wird dann wieder nachdenklich: „Vielleicht ist es gar nicht so gut, vorher zu hören, was alles schiefgehen kann."

„Das glaube ich nicht, Madita. Jeder muss seine Erfahrungen sowieso selber machen, da hilft alles nichts. Aber manchmal ist es gut, wenn man das ein oder andere schon mal gehört hat, das erweitert den eigenen Handlungsspielraum. Diese Situation mit Giuseppe ist für Jakob gut ausgegangen, daran hat er gelernt. Aber ich weiß aus vielen Gesprächen mit ihm, dass es noch viele andere Giuseppes gab, und meistens wurde er die nicht so schnell oder gar nicht los. Er hat einmal eine fünfte

Klasse bekommen, in der ein Drittel der Kinder stark verhaltensauffällig waren. Da hat er eine Konferenz einberufen, um zu beraten, wie man mit dieser Klasse überhaupt Unterricht machen soll. Zu dieser Konferenz sind alle Lehrer erschienen, die in der Klasse unterrichteten, ja sogar der Leiter der Förderschule, den er angerufen und um Hilfe gebeten hatte. Die einzigen, die sich drückten, waren der Schulleiter und die Konrektorin. So viel zum Thema Unterstützung durch die Schulleitung."

„Und was ist dann passiert?"

„Der Leiter der Förderschule hat sich sehr darüber gewundert, dass seine Schulleitungskollegen von der Hauptschule nicht anwesend waren bei solch einer Brennpunkt-Aktion. Er hat Jakob alle Unterstützung bei der Einleitung von Fördergutachten zugesichert, das hat ihm sehr geholfen. Ein Jahr später waren tatsächlich die heftigsten Fälle auf der Förderschule für Erziehungshilfe. Aber die Zeit bis dahin war schlimm für ihn. Jakob war damals völlig ausgelaugt, ich hatte richtig Angst um ihn. Und immer, wenn ein Schüler gegangen war, ging die Tür auf, und die Schulleitung schob ihm kommentarlos einen neuen Schüler durch die Klassentür."

„Ist das so üblich?"

„Nein, unter zivilisierten Menschen eigentlich nicht. Jakob hatte Pech mit einer Schulleitung, die alles aufnahm, was zwei Beine hatte, ohne an die armen Kollegen zu denken, die die Sache dann ausbaden mussten. Und er hatte auch leider öfter Rektoren oder Konrektoren mit ausgesprochener Kommunikationsstörung. Die hielten es nicht für nötig, neue Schüler den zukünftigen Klassenlehrern mal kurz vorzustellen und gemeinsam zu überlegen, wo dieser Schüler am besten aufgehoben wäre."

„Aber es ist doch auffällig, wie viel Pech Jakob mit seinen Schulleitungen hatte."

„Das ist noch gar nichts, die eigentlichen Knaller kommen erst noch, warte mal ab, wenn du dich weiter vorgearbeitet hast!"

„Armer Jakob!"

„Oh ja. Es gibt viele schlechte Schulleitungen, man hört es überall. Aber Jakob hat wirklich einige der heftigsten Exemplare kennen gelernt. In einer Firma ist das auch schon schlimm, aber wenn der Chef in der Schule seine Mitarbeiter nicht unterstützt, dann bist du als Lehrer verloren. Ohne Rückendeckung kannst du nicht arbeiten."

„Warum reagiert das Schulamt da nicht?"

„Die haben keine besseren, sagen sie. Heutzutage bekommen Schulleiter-Anwärter wenigstens einen Crashkurs, in dem sie auf ihre zukünftigen Aufgaben vorbereitet werden. Früher wurde man einfach so Schulleiter, auch wenn man weder die Fähigkeit zur Kommunikation, Organisation, Menschenführung, noch irgendeine pädagogische Idee hatte. Die waren froh, wenn überhaupt jemand das machen wollte."

„Aber verlässt man wegen seiner Schulleitung die Schule?"

„Oh ja, das gibt es häufig. Wenn man nicht daran zerbricht oder dauerkrank wird, was öfter passiert, als man glauben mag. Auch bei Jakob waren die Probleme mit der Schulleitung das Hauptargument dafür, dass er nach vielen Jahren schließlich die Schule wechselte. Er ahnte damals leider nicht, dass er vom Regen in die Traufe kam. Aber das war erst viele Jahre später als dort, wo du gerade bist."

Erfolge

Endlich habe ich einen eigenen Musikraum! Schön ist er geworden, freundlich, mit hellem Parkett und dem Blick nach draußen in die Natur! Hier kann ich richtig Krach machen, ohne andere zu stören. Große Schränke, in denen ich alle Instrumente unterbringen kann, die ich angeschafft habe. Ein großer Stuhlkreis mit Klappstühlen, eine Musikanlage, die diesen Namen verdient, die richtigen Bücher, Platz für die Hefte. Es hat sich doch gelohnt, hartnäckig zu sein, immer wieder nachzuhaken, immer wieder Instrumente und Material zu beantragen. Jetzt habe ich hier meinen eigenen Raum, in dem ich mich wohlfühle, wo ich mich auch zwischendurch mal zurückziehen kann und Ruhe hab zum Arbeiten oder Entspannen. Mein Musikraum!

Auch die Schüler sind gerne hier. Dieser Raum hat seine eigene Atmosphäre, ein Raum zum Singen, Musikmachen, Spielen, Hören, Sprechen. Nicht alle Schüler kommen mit dem Stuhlkreis klar und der offenen Sitzanordnung. Wenn Umsetzen nicht hilft, muss schon mal einer raus aus dem Kreis und einzeln am Tisch arbeiten. Manchmal auch zwei. Manche kommen auch mit dem kleinen Schreibbrettchen nicht klar, das Buch fliegt runter, das kleine Heft, oder das Mäppchen. Deshalb gibt es drei Tische an der Wand, wo man richtig Platz und Ruhe zum Schreiben hat.

Die Situation, dass alle Schüler sich im Sitzkreis sehen können, ist eigentlich toll, kann aber in einigen Klassen auch nervig sein, wenn Schüler es darauf anlegen, Faxen zu machen und andere abzulenken. Wenn es nur ein oder zwei sind, kann ich sie aus dem Kreis raussetzen, wenn es mehr sind, wird es schnell albern, unkonzentriert und laut. Es hängt so viel von

der Klassenatmosphäre ab, mit manchen Gruppen kann ich
ganz locker und humorvoll umgehen, bei anderen muss ich den
strengen, fiesen Lehrer rauskehren, das liegt mir gar nicht. Mit
denen wäre es dann wahrscheinlich einfacher, an festen Ti-
schen zu arbeiten, ohne die Gruppendynamik des Sitzkreises.

„Ja, das weiß ich noch," kommentiert Stella aus dem Hintergrund, „das hat er sehr genossen, dass er endlich
seinen eigenen Raum hatte, in dem er alles so machen
konnte, wie er wollte. Das hat ihm richtig gutgetan."

„Es war also nicht alles schlimm, das ist doch be-
ruhigend. Es gab auch schöne Erlebnisse!"

„Aber ja natürlich, immer wieder! Sonst hält man es ja
auch auf Dauer gar nicht aus, wenn das Schlimme über-
wiegt. Damals fing er auch an, eine Band aufzubauen
und einen Chor, es gab erste kleine Auftritte und Erfolge,
das gab ihm Auftrieb."

„Das habe ich gelesen. Am Anfang bestand sein
Schlagzeug aus einer alten Kesselpauke, einem einzelnen
Becken mit Lederriemen zum Festhalten und einer kleinen
Trommel, die dann von zwei oder drei Schülern parallel
bedient wurden. Später bekam er ein richtiges kleines
Schlagzeug und eine E-Gitarre mit Verstärker. Da ging es
dann richtig los. Warst du mal auf Schulkonzerten?"

„Ja, zwei oder drei Mal, wenn sie abends waren. Am
Tag war ich ja selbst in der Schule und konnte nicht. Er
hatte einen Kollegen, der Theater machte, die beiden
machten Theater-und-Musik-Abende, das war schön.
Einmal machten sie auch ein Solidaritätskonzert für
einen Schüler aus Jakobs Klasse."

„Davon habe ich gelesen, warte!"
Madita blättert zurück und findet dann den Eintrag:

Aleksandar, einer meiner besten Schüler, vor zwei Jahren mit seiner Familie vor dem Bürgerkrieg in Jugoslawien geflüchtet. Er spricht und schreibt inzwischen besser Deutsch als manch anderer aus meiner Klasse, der die Sprache seit Geburt kennt. Ein absolut netter und fitter Junge, vielseitig interessiert, technisch begabt, kommt mit allen gut klar und wird überhaupt keine Schwierigkeiten haben, einen guten Schulabschluss zu kriegen und eine Lehrstelle zu finden. Sein Papa hat auch fleißig Deutsch gelernt und eine Arbeit als Krankenpfleger gefunden, seine jüngere Schwester ist auf der Gesamtschule. Eine Vorzeige-Flüchtlingsfamilie!

Und was macht das Ausländeramt? Schickt dieser Familie, die alles tut, um sich gut zu integrieren, den Ausweisungsbescheid! Unfassbar! Als Alex mir das erzählte, dachte ich, er macht einen schlechten Witz! Alex ist absolut tapfer, zeigt nichts von seiner Angst und Enttäuschung. Die ganze Klasse weiß inzwischen Bescheid, alle sind empört. Eine Kollegin, die Kontakt hat mit dem Ausländeramt und in einer Flüchtlings-Initiative arbeitet, versucht, den Vater dazu zu bringen, Einspruch einzulegen. Aber der ist zu stolz, er ist in seiner Ehre verletzt. Er sagt, er ist froh, dass er diese zwei Jahre hier hatte, und würde nicht darum betteln, länger hier zu bleiben, wenn man ihn hier nicht haben wollte.

Die Klasse hat mit mir zusammen ein Lied für Aleksandar getextet. Er weiß nichts davon. Es heißt: „Ich geh hier nicht fort", der Chor kann es auch schon singen. Wir wollen es auf einer Protestaktion gegen Ausweisungen singen, Bürgermeister und Stadtrat sind eingeladen, wir werden Aleksandars Fall dort vorstellen und den Bürgermeister bitten, sich dafür einzusetzen, dass die Familie hierbleiben kann. Die Presse ist auch eingeladen. Die Schulleitung war davon nicht begeistert, aber viele Kollegen ziehen mit und machen Druck, dass dieser

Irrsinn gestoppt wird. Es betrifft ja nicht nur Aleksandar, sondern immer wieder Schüler unserer Schule.

„Ich habe aber leider keinen Eintrag gefunden, was dann mit diesem Aleksandar passiert ist." fügt Madita hinzu.

„Doch, das weiß ich noch. Die Aktion mit dem Bürgermeister hatte Erfolg. Die Familie bekam ein Bleiberecht, zumindest so lange, bis die beiden Kinder ihren Schulabschluss hatten. Danach mussten sie dann allerdings zurück nach Mazedonien. Jakob blieb aber in Kontakt mit Alex, der erst mal versuchte, in Mazedonien Fuß zu fassen. Er zeigte mir manchmal Postkarten, zu Weihnachten, vom Ohridsee. Alex heiratete dort und lud Jakob ein, ihn zu besuchen. Irgendwann riss dann der Kontakt ab, bis Jakob eine Postkarte aus Italien bekam. Alex hatte irgendeinen Job in Italien und versuchte, eine Genehmigung für Deutschland zu bekommen."

„Und, hat er das geschafft?"

„Ja, Jakob erzählte irgendwann, er hätte gerade mit ihm telefoniert. Er würde wieder in Deutschland leben, wäre glücklich, hätte eine ordentlich bezahlte Arbeit und eine hübsche Wohnung, in der er mit seiner Familie lebt."

„Schön, wenn sich am Ende Beharrlichkeit auch mal in Glück verwandelt und das Gute siegt!"

„Wenn auch nach vielen Irrwegen, aber immerhin. Manche Menschen müssen viel aushalten und wegstecken und bleiben doch ganz bescheiden, unaufgeregt und zuversichtlich dabei. So einer ist Aleksandar. Er hat es verdient, glücklich zu sein. Hoffentlich ist das Glück ihm treu geblieben. Ich denke manchmal, dass es anderswo leichter ist, glücklich zu sein als hier bei uns im reichen und satten Deutschland."

„Kennst du das Lied?"

„Ja, Jakob hat es viele Jahre lang mit seinen Musikklassen und mit seinem Chor gesungen. Ein schönes Lied, die Melodie war von irgendeinem melancholischen Popsong übernommen, ich weiß nicht mehr, von welchem. Der neue Text passte so gut dazu, dass man das Original schnell vergaß."

„Hast du den Text oder die Noten?"

„Nein, leider nicht. Du könntest in Jakobs Regalen wühlen, ob du es da irgendwo findest. Aber das könnte lange dauern, er hat viele Lieder gemacht."

Als es sich Stella nach dem Gespräch mit ihrer Tochter auf dem Sofa gemütlich macht, hängt sie ihren Gedanken über Jakob und Aleksandar nach, dabei fallen ihr die Augen zu. Im Traum spricht sie mit Jakob, aber es ist so, als ob sie in einen leeren Raum hineinspricht. Sie hört ihre eigene Stimme als Echo von den Wänden widerhallen. Dann mischt sich eine andere Stimme dazu, sehr weit weg, ganz fern. Eine männliche Stimme. Eine Stimme, die singt. Was singt sie? Stella kennt das Lied. Sie ist aufgeregt. Das ist es, das Lied für Aleksandar! Sie flüstert den Text mit:

Ich hab hundertmal den Brief gelesen
Ich hab hundertmal gefragt dabei
All die langen Jahre bin ich hier gewesen
Ist nun alles vorbei?

Sie spürt eine warme Hand, die ihr über das Gesicht streicht. Sie fühlt sich bleischwer und sehr weit weg, versucht mühsam, die schweren Augenlider zu öffnen und flüstert: „Jakob?"

„Stella, du hast im Schlaf gesprochen. Oder besser, geflüstert! Möchtest du einen Kaffee zum Wachwerden?"

Jetzt kriegt sie die Augen endlich auf und sieht David, der sich über sie beugt.

„Jakob hat eben dieses Lied gesungen, aber er war ganz weit weg, ich konnte ihn kaum hören."

„Welches Lied denn?"

> *„Ich kenne jeden Stein hier, genau wie du,*
> *ich bin hier jeden Weg gegangen.*
> *Mein Platz ist hier, ich hab sonst nichts,*
> *sonst wär ich dahin gegangen.*
> *Ich geh hier nicht fort!"*

„Das klingt wie *The Year of the Cat*, bloß mit deutschem Text. Ist das von Jakob?"

„Ja, das Lied für Aleksandar, kennst du es nicht?"

„Nein, aber es passt seltsam gut zu Jakobs Verschwinden, auch wenn es das Gegenteil sagt. Oder sollte ich besser sagen, es passte gut, bis zu dem Tag, an dem er dann doch fortging."

„Der Schüler, für den er es geschrieben hat, musste auch fort, aber er ist wiedergekommen. Jakob kommt auch wieder! Ich hab ihn gehört, wie er gesungen hat: *Mein Platz ist hier, ich hab sonst nichts*. Oder meint er den Platz, wo er jetzt ist?"

„Das weiß ich nicht, Liebes. Hast du ihn denn gesehen in deinem Traum?"

„Nein. Ich habe erst nur meine eigene Stimme gehört, wie in einer Halle oder einem großen, leeren Raum. Und dann plötzlich habe ich seine Stimme gehört, aber ganz weit weg, ganz leise. Er hat dieses Lied gesungen."

Inside

Nachts liegt David lange wach und grübelt. Er hat sehr wohl registriert, dass seine Frau „Jakob, bist du es?" geflüstert hat, als sie wie in Trance aus ihrem Tagtraum aufschreckte. Er ist nicht weiter darauf eingegangen, aber es geht ihm nach. Er kann gar nicht genau sagen, was es ist. Die Tatsache, dass sie ihn mit Jakob verwechselt? Die Stimme, mit der sie das fragte, voller Sehnsucht und Hoffnung? Der Blick, wie aus einer anderen Welt, weit weg von ihm, David, und vom Alltag in ihrer gemeinsamen Wohnung? Diese Traurigkeit, die er nicht vertreiben kann? Diese Distanz zwischen ihnen, als ob ein Wasser sie trennt, ein tiefes, großes Wasser, ein Ozean! Seine verständnisvollen Worte, sein Mitleid, seine zärtlichen Berührungen – erreichen sie Stella überhaupt noch?

David hat irgendwann aufgehört, in den Tagebüchern seines Freundes zu lesen. Er hatte an einem bestimmten Punkt das Gefühl, in eine Welt einzudringen, in die er nicht eindringen will. Ja sicher, Jakob hat es selbst angeboten, hat seine Tagebücher nicht versteckt, aber David wurde es dennoch zu privat. Nein, privat ist vielleicht nicht der richtige Ausdruck dafür. Er will seinen Freund davor bewahren, dass er zu tief in seine Gefühle, Verletzungen, Verzweiflung, Abgründe eindringen kann. Wenn sie zu zweit geredet haben, sich getroffen haben in der Kneipe um die Ecke, Männergespräche geführt haben, gab jeder von ihnen nur so viel preis, wie ihm angenehm war. Das vermisst er, wenn er wahllos in fremden Tagebüchern stöbert. Da ist keiner, der Stopp!

sagen kann, wenn er nicht weiter über das Thema reden will. Gut möglich, dass sie über die Jahre manche Themen ausgeklammert haben, aber das hatte dann seinen Grund.

Dieses Tagebuchlesen kommt ihm wie Schnüffeln vor, es entfernt ihn eher von seinem Freund, als dass es ihn näherbringt. David würde lieber mit Jakob reden, so wie früher. Er möchte nachfragen, wie das alles gekommen ist, wie er sich fühlte dabei, was von all diesen Erlebnissen heute überhaupt noch wichtig ist. Da dies nicht möglich ist im Moment, verzichtet er eben darauf. Er findet es okay, dass seine Frau und seine jüngere Tochter in den Tagebüchern abtauchen, er bekommt auch dieses und jenes mit, Gespräche und Diskussionen, aber es hat wenig mit ihm zu tun. Natürlich berührt es ihn, aber er möchte nicht alles an sich heranlassen. Er hat das Gefühl, er muss sich schützen. Wovor?

Während sich David hin und her wälzt in seinem Bett, das Kopfkissen zusammenknuddelt, wieder auseinanderfaltet, an der großen, gemeinsamen Bettdecke zupft und zieht, weil seine Füße herausgucken und kalt werden, kommt er mit seinen Gedanken wie in einem Laufrad immer wieder zu den gleichen Fragen: Liebt Stella ihn überhaupt noch? Hat sie ihn je geliebt? So wie sie Jakob geliebt hat? Haben sie beide noch eine Chance? Haben sie die je gehabt? Oder haben sie sich so viele Jahre etwas vorgemacht? War er immer nur die Nummer zwei, ein verlässlicher und treuer Freund, auf den man immer zählen konnte? Funktionierte ihre Ehe überhaupt nur dadurch, dass da im Hintergrund ja immer noch Jakob war, die große Liebe? Und jetzt, wo er weg ist, fliegt ihnen diese ganze, fragile Konstruktion um die Ohren, funktioniert nicht mehr?

Er hat Angst, Stella diese Fragen zu stellen. Er spürt, dass Stella die Antworten selbst nicht weiß, dass sie sich selbst nicht darüber klar ist, wie viel ihr Jakob bedeutet und welchen Stellenwert ihr Ehemann David hat. Sie würde ihn nie so verletzen wollen, dass sie seinen Befürchtungen zustimmt, sie würde abwiegeln, sich nicht festlegen wollen. Und das würde David nicht helfen, es würde die Distanz zwischen ihnen vergrößern und nicht überbrücken. Also stellt David lieber keine Fragen, ist weiter der aufmerksame und liebevolle Ehemann, der hofft, das Herz der Dame seines Herzens eines Tages zurückgewinnen zu können. Aber wie lange kann er das durchhalten?

Die neue Arbeit im Tonstudio hilft ihm dabei, sich abzulenken und neu zu orientieren. Er bleibt immer öfter auch über Nacht in Bonn, weil er Aufnahmen noch zu Ende bearbeiten oder CDs brennen muss. Er genießt es, sich in ein neues Aufgabengebiet hinein zu wühlen, will alles perfekt machen und schnell lernen, was er noch nicht beherrscht. Rob versucht manchmal, ihn zu bremsen: „Lass dir Zeit, David, du musst nicht die Nächte durcharbeiten, die Nacht ist zum Schlafen da, mein Lieber! Oder für andere, schöne Dinge!" Manchmal nimmt er ihn auch mit in ein nettes Lokal und macht ihn mit seinen Bonner Freunden bekannt.

Neulich hat er noch lange mit dieser tollen Sängerin im Studio gesessen und ihre Aufnahmen bearbeitet. Sie war ihm auf Anhieb sympathisch. Sie verstanden sich gut, redeten über Gott und die Welt und lachten viel. Als die Aufnahmen fertig waren, irgendwann kurz vor Mitternacht, fragte sie, ob er noch mit auf ein Bier käme. Ehe er richtig überlegen konnte, ehe er registrieren konnte, dass eine attraktive, viel jüngere Frau ihn einlädt, hatte er schon abgelehnt. Er müsse schlafen gehen, er hätte viel Arbeit am nächsten Tag. Als er allein zurückblieb, ärgerte er sich und konnte stundenlang nicht einschlafen. Er kann sich anscheinend nicht vorstellen, sich ernsthaft auf andere Frauen als seine Stella einzulassen. Auch wenn er bei ihr vielleicht nur die Nummer zwei war. Was für ein Irrsinn!

Plötzlich spürt er Stellas warme Hand auf seiner: „Komm, schlaf jetzt, nicht mehr grübeln!" murmelt sie und dreht sich dann so um, dass er ihren Rücken spürt und sich an ihren warmen Körper kuschelt. Alles ist gut. Sie hat nicht verschlafen „Jakob" zu ihm gesagt. Und wenn schon, sie hat überhaupt nie einen Hehl daraus gemacht, dass sie beide liebt und dass sie es genießt, von beiden geliebt zu werden. Warum ist jetzt alles so kompliziert? Oder ist es nur in seinem Kopf so kompliziert? Ein Liedtext von Paul Simon geht ihm durch den Kopf, begleitet ihn, bis er endlich in den Schlaf findet:

The problem is all inside your head, she said to me.
The answer is easy if you take it logically.
I'd like to help you in your struggle to be free
There must be fifty ways to leave your lover …

Outside

David ist viel in Bonn in den nächsten Wochen und schafft damit eine räumliche Distanz zwischen Stella und ihm, eher unbewusst als mit Absicht. Er hat allerdings den Eindruck, er kann besser von außen die Probleme sehen und einordnen, wenn er nicht zu dicht dran ist am fest verknoteten Schlamassel. Auch Stella ist viel unterwegs, sie bereitet ihr freies Jahr vor, schaut sich schon mal in Düsseldorf um, besucht alte Freunde und macht für die letzten Wochen in der Schule nur noch das Allernötigste. Wenn sie sich in der Wohnung sehen, geht es meistens um Organisationsfragen:

„Bist du am Freitag da und kannst den Müll rausstellen?"

„Hat der Dachdecker schon angerufen wegen des Fensters?"

„Kommt die Zeitung jetzt wieder pünktlich? Letzte Woche hatten wir ein paar Mal keine."

„Hast du die Arztrechnung schon überwiesen, die ich dir in dein Fach gelegt habe?"

„Soll ich uns am Wochenende was Schönes kochen, oder bist du gar nicht da?"

„Haben wir eigentlich noch etwas von dem leckeren Biofleisch in der Truhe?"

„Hast du eine Idee, wo unsere Doppelkopfkarten abgeblieben sind?"

Die Organisation des Alltags klappt ziemlich reibungslos, in vielem sind sie gut aufeinander eingespielt, es ist völlig klar, wer wann für welche Bereiche des gemeinsamen Haushalts zuständig ist. Eine gut geölte, einwandfrei funktionierende Maschinerie. So richtig Stress und lautstarke Auseinandersetzungen hatten sie eigentlich nie. Die meisten Probleme lassen sich friedlich lösen, auch wenn es manchmal etwas dauert, bis man sich auf Kompromisse einigen kann oder bis einer von beiden nachgibt. Stella äußert hin und wieder, dass sie diejenige sei, die in der Regel nachgibt. Aber David sieht das anders. Oft, wenn Stella Wünsche äußert, meistens sind es Renovierungswünsche, ist David erst einmal gar nicht begeistert. Für ihn könnte immer alles so bleiben, wie es ist. Am Ende geht er dann aber doch irgendwann auf ihre Wünsche ein. Er kann es gar nicht haben, wenn sie unzufrieden ist.

Am Wochenende ist er tatsächlich allein zu Haus, zumindest ohne Frau. Er macht aber trotzdem einen schönen Lammbraten, weil er sich mit Madita verabredet hat. Erst wollen sie lecker essen, dann spielen, so wie früher. Er genießt es, Zeit mit seiner Tochter zu verbringen, so lange sie noch zu Hause wohnt. Sie möchte gerne in Jakobs Wohnung ziehen und fängt an, sich dort häuslich einzurichten. Als er nachmittags vom Einkaufen kommt und das Abendessen vorbereiten will, sitzt sie schon in der Küche und liest. Natürlich in Jakobs Tagebüchern. „Soll ich dir beim Essenmachen helfen, Papa?"

„Nein danke, das brauchst du nicht. Ich mach hier alles schön langsam hintereinander, der Braten ist schon mariniert, das ist nicht viel Arbeit. Aber du kannst mir was vorlesen, wenn du willst."

„Wirklich? Ich dachte immer, du interessierst dich nicht so sehr dafür!"

„Ich lese selbst nicht mehr in diesen Tagebüchern, irgendwie kann ich das nicht. Aber ich höre dir gerne zu, wenn du mir was daraus vorliest."

„Okay, dann blättere ich mal ein bisschen zurück. Da ging es ums Reisen. Jakob scheint ausgesprochen gerne mit seinen Schülern weggefahren zu sein."

Die schönsten Stunden, die ich mit meinen Klassen verbracht habe, waren die tollen Klassenfahrten. Dabei habe ich immer darauf geachtet, dass wir möglichst alleine in einem Haus waren, dann brauchte man nicht auch noch die Probleme anderer Klassen und ihrer Lehrer zu lösen. Mehrmals habe ich erlebt, dass Kinder so schlimmes Heimweh bekamen, dass sie abgeholt werden mussten. Das waren interessanterweise fast immer Jungs.

Da viele Eltern nur wenig Geld haben oder mehrere Kinder versorgen müssen, habe ich immer günstige Quartiere gesucht. Eins war nur 20 Kilometer von der Schule entfernt, die An- und Abfahrt haben wir mit Privatautos organisiert. Es lag ganz einsam, aber wunderschön im Wald und wurde vom Bibellesebund betrieben. Ich habe mir nichts Böses dabei gedacht, aber als der Herbergsvater vor dem Abendessen mit allen beten wollte, dachte ich: Oh nein, bitte nicht, das geht schief! Aber die Kinder waren erstaunlich friedlich, auch die acht Muslime. Es wurde weder gelacht noch gemeckert. Glücklicherweise machte der Herbergsvater das nur einmal als Einstieg und ließ uns dann in Ruhe, das war unsere Rettung.

Sehr günstig war auch die Klassenfahrt an den Rhein. Ich hatte oberhalb von Lahnstein einen Jugendzeltplatz mit festen Holzhütten gemietet. Als wir ankamen, war der Schock groß. Immer sechs oder sieben Kinder teilten sich eine nach oben spitz zulaufende Köhlerkütte, die aus groben, runden Hölzern gebaut war. Romantisch, aber sehr einfach. Die Kojen hart, es gab kaum Abstell- oder Sitzmöglichkeiten, der Boden war platt gestampfter Waldboden. Mit allem Getier, was so dazu gehört. Die Hütten waren offen und besaßen weder Steckdosen, Lampen, noch Stühle. Wie ein Indianerzelt eben, bloß in der Mitte einen groben Tisch mit einfachen Holzbänken. Die Hütten waren seit Jahren nicht gereinigt worden und in den Ritzen bevölkert von Spinnen, Käfern und allem, was man sich nicht wünscht, wenn man angenehm schlafen will.

Es gab einen großen Waschraum mit angrenzender großer Küche, in der man auch zusammen essen konnte. Auch diese beiden Räume waren grundsätzlich ordentlich ausgestattet, aber in einem erbarmungswürdigen Zustand. Der Erste, der sich vom Schreck erholte, war Andrej, mein russischer Klassenchef. Andrej schnappte sich ein paar Jungs, Schrubber, Putzzeug und Lappen und machte sich erst einmal über den Jungenwaschraum her. Sie gingen mit Feuereifer an die Arbeit, Andrej organisierte, beaufsichtigte und sang russische Lieder. Dann teilte er die verbliebenen Jungs zum Kücheputzen ein. Als die Mädchen, die am Anfang sehr lange Gesichter gemacht hatten, sahen, wie fleißig und fröhlich die Jungs zu Werke gingen, staunten sie. Noch mehr staunten sie darüber, wie akribisch und gründlich unter der strengen Aufsicht von Andrej geputzt wurde, der die Jungs anfeuerte mit den Worten: „Räumt diesen Schweinestall hier mal richtig auf!"

Kristina, die Anführerin der Mädchen sagte: „Mädels, schwingt den Besen, oder wollt ihr euch von den Jungs hier vormachen lassen, wie man richtig putzt?" Dann ging es auch im Mädchenwaschraum zur Sache, und anschließend, da man gerade so gut dabei war, auch mit viel Wasser, Flüssigseife und Enthusiasmus an die Reinigung der versifften Holzfällerhütten. Meine Kollegin und ich kamen aus dem Staunen nicht mehr heraus und dankten dem Herrgott, dass wir nicht selbst die Kommandos geben mussten. So sauber wie an diesem Nachmittag war der Jugendzeltplatz der Stadt Lahnstein wahrscheinlich nie vorher und auch nie mehr danach.

Dann wurde es herrlich. Glänzende Stimmung, nur ab und zu unterbrochen von spitzen Schreien und Gelächter, wenn wieder mal irgendeinem Schüler eine Spinne über Arme oder Beine gekrabbelt war oder ein verirrter Ohrenkneifer im Gesicht landete. Nachts gingen wir rum und fischten einzelne Jungs aus den Mädchenhütten, um sie in ihr Quartier zu scheuchen. Einen übersahen wir allerdings, Johann, er hatte es geschafft, sich so geschickt unter Nataljas Decke zu verstecken, dass wir beim Kontrollrundgang nichts gemerkt hatten. Aber die Jungs konnten am nächsten Morgen beim Frühstück die Klappe nicht halten und die Mädchen bestätigten den Nachtbesuch. Natalja beruhigte mich aber, der Johann sei doch quasi noch ein Kind, ich bräuchte mir absolut keine Gedanken zu machen, dass da irgendetwas passiert sei. Mit Johann doch nicht! Es sei einfach ein großer Spaß gewesen. Ich hoffte und betete, dass es so war, machte ihnen aber klar, dass ich für sie verantwortlich war und ihre Eltern das bestimmt nicht lustig finden würden, wenn sie davon erfuhren. Sie versprachen, dass es nicht wieder vorkäme.

Am nächsten Tag mieteten wir uns am Rhein Fahrräder, um ein wenig an der Lahn entlang zu radeln. Nach wenigen Metern fiel Missi um. Missi war vor einem Jahr aus dem Kongo zu uns gestoßen, körperlich schon voll entwickelt, vom Verhalten her noch kindlich, unheimlich temperamentvoll. Sie tobte herum wie ein Junge und das war ein Problem, denn sie war Aidspatientin, wie ich von ihrer Ärztin vertraulich mitgeteilt bekam. Wir sollten es den Schülern und ihren Eltern nicht sagen, damit keine Panik ausbrach. Die Kollegen waren informiert und zu Stillschweigen verpflichtet. Ich schaffte mir eine Hunderterpackung Einmalhandschuhe an und hoffte, dass Missi vorsichtig und verantwortungsbewusst genug war, um niemanden anzustecken. Die Schwierigkeit war ihr Temperament, sie war laut und ungestüm, rannte und tobte gerne und hatte gar keine Probleme damit, sich mit Jungen oder Mädchen anzulegen.

Als sie dort neben ihrem umgekippten Fahrrad im Straßengraben lag, war mein erster Gedanke: „Hoffentlich blutet sie nicht!" Nein, sie hatte sich nicht ernsthaft verletzt, lachte schon wieder, schimpfte mit den Jungs, sie sollten nicht so blöde glotzen und rappelte sich wieder auf. Ich fragte sie, ob sie schon mal Fahrrad gefahren wäre? Nein, so richtig noch nicht, aber sie werde es schon lernen. Ich hätte mich ohrfeigen können, hatte nicht im Traum damit gerechnet, dass einer meiner Schüler nicht Fahrrad fahren konnte, und jetzt hatten wir den Salat. Natalja und Kristina nahmen Missi zwischen sich und passten auf sie auf. Es ging erstaunlich gut, bloß bei scharfen Kurven, Bergen oder Bremsmanövern fiel es Missi schwer, die Spur zu halten. Als wir erschöpft, aber glücklich nachmittags die Fahrräder wieder abgaben, war sie stolz, dass sie Radfahren gelernt hatte. Ich war heilfroh, dass alles gut gegangen war.

Missis Papa sah aus wie ein französischer Diplomat, war selten zu Hause, immer geschäftlich irgendwo unterwegs. Ich nahm an, dass er seine Tochter nach Deutschland gebracht hatte, damit sie hier medizinisch gut versorgt würde. Missis Mutter war nicht mitgekommen und Missi versorgte den Haushalt, wenn ihr Vater unterwegs war oder Geschäftsfreunde mit nach Hause brachte. Ich konnte mich nur schlecht mit dem Vater verständigen, mein Französisch und sein

Englisch waren einfach zu schlecht. Deutsch sprach er gar nicht. Ich hatte oft den Eindruck, Missi sei mit ihrer Rolle zu Hause überfordert. Sie war im Herzen noch ein richtiges Kind, das unbeschwert spielen und toben wollte, er dagegen behandelte sie wie eine Hausangestellte. Oft hatte ich auch Befürchtungen, dass seine Geschäfte und seine Geschäftspartner nicht ganz koscher waren. Wenn ich mit Missi über ihre Situation sprach, sagte sie immer, es wäre alles okay. Aber man konnte ihr ansehen, dass es nicht immer in Ordnung war. Ich telefonierte mit ihrer Ärztin und teilte ihr meine Befürchtungen mit. Sie bestätigte, dass der Papa nicht besonders zugänglich und kooperativ sei und versprach, sich zu kümmern. Einige Tage später rief eine Dame vom Jugendamt an und teilte mir mit, dass Missi wahrscheinlich einen Heimplatz bekommen würde, denn man könne sie nicht alleine mit dem Papa zu Hause lassen. Er hätte sich geweigert, eine Erziehungshilfe in seiner Wohnung zu akzeptieren, hätte getobt und gedroht. Missi war in den nächsten Wochen völlig von der Rolle, verheult, apathisch, verängstigt, wütend. Sie durfte nicht mehr zu ihren Freundinnen und musste direkt nach der Schule nach Hause kommen. Ich bekam ein schlechtes Gewissen und fragte mich, ob ich an diesem ganzen Schlamassel Schuld war? Ich versuchte, mit dem Vater zu reden, aber er hatte nie Zeit, das heißt, er wollte wahrscheinlich nicht.

Einige Wochen später war sie plötzlich fort, von einem Tag auf den anderen, ohne Vorankündigung, ohne Abschied. Recherchen beim Jugendamt und bei der Ärztin ergaben, dass der Vater in einer Nacht-und-Nebel-Aktion nach Belgien oder Frankreich geflüchtet war und Missi mitgenommen hatte. Alle waren traurig, die Klasse tagelang im Schockzustand. Ich war entsetzt darüber, was man einem Kind antun kann. Sie war so gerne bei uns gewesen, hatte viele Freundinnen, hatte ganz gut

Deutsch gelernt. Alle mochten sie gerne, auch wenn sie manchmal etwas ruppig und ungeduldig war.

„Hast du davon etwas mitgekriegt, Papa?" fragt Madita, nachdem sie den Lehrerkalender zugeklappt hat.

„Ja, er hat damals von ihr erzählt. Er war sich nicht sicher, was er tun sollte, ob es richtig wäre, den Mitschülern nicht zu sagen, dass sie Aids hat. Er hatte immer höllische Angst davor, dass etwas passieren könnte."

„Aber er hat sich ja an die Anweisung der Ärztin gehalten und nichts gesagt."

„Ja, er hat sich bei der Schulleitung Rückendeckung geholt, dass er nur die Kollegen informiert. Trotzdem gab es wohl Gerüchte, vielleicht hat auch einer der Kollegen geplappert. Aber für die Schülerin war es bestimmt leichter so, als wenn sie in der ganzen Schule als Aids-Mädchen bekannt gewesen wäre."

„Und dann war sie plötzlich weg!"

„Ja, das war schlimm für Jakob. Er sagte öfter: *An der Hauptschule kann man nie mit einer Gruppe konstant arbeiten. Immer wieder geht die Tür auf und jemand Neues wird hereingeschoben und immer wieder sind Schüler plötzlich weg. In der Abschlussklasse sind meistens nur noch fünf, sechs, oder sieben Schüler übrig von denen, mit denen man in der fünften Klasse gemeinsam gestartet ist.*"

„Das ist traurig und führt bestimmt dazu, dass man sich nicht mehr so eng an seine Schüler bindet."

„Genau das funktioniert in der Hauptschule eben nicht. Wer auf Abstand bleibt, hat als Lehrer keine Chance, an die Kinder heranzukommen. Es war ja bei Jakob nicht viel anders als bei Stella an der Schule: Mindestens die Hälfte der Arbeit ist Beziehungsarbeit.

Viele Kinder lernen nicht für sich, nicht für die Eltern, schon gar nicht fürs Leben. Entweder sie lernen für ihren Lehrer, weil sie ihn nett finden, oder sie lernen überhaupt nicht."

„Das ist ja eigentlich toll, das reizt mich auch. Aber es ist auch gefährlich."

„Oh ja, wenn du nicht der coole Lehrer bist, dem alles am Arsch vorbeigeht, dann kommst du oft genug in schwierige Situationen. Die kann man ganz gut meistern, wenn man einen guten Sozialpädagogen, nette Kollegen und vor allem eine fürsorgliche Schulleitung zur Seite hat."

„Das letzte hatte Jakob ja wohl nicht so oft."

„Nein, da war er ein ausgesprochener Pechvogel. Mit seinen Kollegen und den Sozialpädagogen hatte er schon eher Glück."

„Oh je, Papa, ich weiß nicht, ob ich wirklich Lehrerin werden möchte. Ob ich dem gewachsen bin. Es schwankt immer hin und her bei mir. Wenn ich diese Geschichten höre von Alex oder Missi, dann möchte ich auch so ein Lehrer sein wie Jakob, der auf seine Schüler eingeht und sich für sie einsetzt. Dann kann ich es gar nicht mehr richtig abwarten, bis ich all diese Alexe und Missis, die Jennys und Mohameds, Kristinas und Andrejs kennenlerne. Aber was ist, wenn ich keine Unterstützung bekomme an meiner Schule und alleine dastehe? Was mache ich dann? Jakob war ein toller Lehrer, finde ich. Und trotzdem hat er das Handtuch geschmissen!"

„Ja, da hast du recht, darüber bin ich nach wie vor erstaunt und erschüttert. Aber du darfst dich auch nicht zu sehr mit Jakobs Geschichte identifizieren. Du wirst ja deine eigenen Erfahrungen machen, du fängst ganz von vorne an, frisch und mit eigenen Ideen, als Madita, nicht als Jakob 2.0. Keiner kann dir eine Garantie geben, dass du glücklich wirst dabei, aber so ist es im ganzen Leben. Es gehört immer Mut dazu, sich zu entscheiden, etwas Neues anzufangen. Und es gibt immer das Risiko des Scheiterns. Aber auch die Chance, den richtigen Weg zu finden."

„Das hast du schön gesagt, Papa. Komm, jetzt essen wir erst mal und lassen es uns gutgehen!"

Madita

In den nächsten Monaten verändert sich viel im Leben von Maditas Familie. Ihre Mutter ist meistens in Düsseldorf, der Vater viel in Bonn, die gemeinsame Wohnung steht oft leer. Ab und zu bekommt Madita Besuch von ihren Eltern, aber sie kommen einzeln, fast nie zusammen. Madita hat sich gemütlich eingerichtet in Jakobs Wohnung, sortiert die weiterhin für ihn eingehende Post sorgfältig nach Werbung und anderem, was vielleicht wichtig sein könnte. Diese Post landet ungeöffnet in einem großen Karton. Sollte Jakob eines Tages auftauchen, kann er selbst entscheiden, was damit werden soll.

Madita studiert Lehramt im ersten Semester, hat schon ein Praktikum gemacht und ist optimistisch, dass Lehrerin der richtige Beruf für sie sein könnte. Wenn sie zweifelt, macht sie lange Spaziergänge am Rhein und spricht innerlich mit Jakob, mit Stella oder mit David über das, was sie bewegt. Ihr Papa schaut ab und zu bei ihr vorbei, manchmal lädt er sie zum Essen ein in eines der kleinen Südstadt-Bistros, oder er bringt etwas Leckeres mit, das sie dann gemeinsam verspeisen. Bei schönem Wetter auf dem kleinen Balkon mit Rheinblick, wo man ab und zu die Rheinkähne tuten hört. Sie liebt diesen Platz und die Nähe zum Rhein. Das stetig weiterfließende Wasser beruhigt sie, macht sie gelassen und entspannt.

„Man kann vom Rhein lernen loszulassen!" erklärt sie ihrem Papa. „Man braucht ja keine Angst haben, dass er nicht mehr da ist. Aber er ist immer wieder neu, derselbe Fluss, aber jeden Tag anderes Wasser. Ich stell mir dann vor, wo das Wasser herkommt: Aus den Schweizer Alpenschluchten, aus Oberfranken, aus dem Elsass, aus dem Rothaargebirge, aus der Eifel. Und was es alles schon gesehen hat! Das ist schön. Wer an so einem Fluss wohnt, braucht gar nicht mehr wegzufahren. Der Fluss erzählt jeden Tag neue Geschichten."

„Du klingst schon wie eine alte, weise Frau, die sich für ihre letzten Jahre am Wasser niedergelassen hat, liebe Tochter! Aber ich kann dich gut verstehen, der Rhein hat auf mich auch immer eine magische Anziehungskraft gehabt. Als ich als Jugendlicher zum ersten Mal den Rhein gesehen habe, wusste ich, da will ich mal wohnen!"

„Ja, und stell dir vor, jetzt kann ich ihn jeden Tag sehen. Ich kann ihn hören, ja auch riechen. Es gibt nichts Schöneres, als nachts bei offenem Fenster den Rhein zu spüren, wie er da ist und sanft dahinfließt, immer weiter. Da brauche ich überhaupt keine Schäfchen zählen und gleite direkt in die schönsten Träume."

„Ich merke, dass dir diese Wohnung hier guttut. Da kannst du dich bei Jakob bedanken. Falls er nochmal hier auftaucht."

„Ja, ich sprech ja schon immer mit ihm. Unter Kollegen sozusagen. Auch das ist schon wie bei der alten, weisen Frau, von der du gesprochen hast. Man wird ein bisschen seltsam, wenn man allein wohnt."

„Jakob spürt das bestimmt, dass du hier die Stellung hältst und seine Wohnung betreust."

„Betreuen ist gut!" lacht Madita. „Willkommen beim betreuten Wohnen am Rhein! Heute für Sie im Service – Schwester Madita!"

Auch David prustet jetzt los und verschüttet dabei fast seinen Wein. „Ich komme darauf zurück, wenn ich mal alt und klapprig werde, Schwester!"

„Ach, das dauert ja noch ein wenig. Aber ich habe es vorgemerkt, Herr Generalmusikdirektor!"

Eine Weile kichern und witzeln sie weiter, während sie Wein trinken und leckere Häppchen essen. Dann schweigen sie, lauschen den Geräuschen vom Rheinufer, bis Madita plötzlich fragt: „Papa, seid ihr eigentlich auseinander, Mama und du?"

David kratzt sich am Kopf, schaut weit in die Ferne, als stünde da die Antwort.

„Nein, wir haben uns nicht getrennt, wir haben uns auch nicht gestritten oder so. Ich glaube, wir brauchen eine kleine Auszeit, jeder von uns, damit wir wieder klarer sehen, wohin wir wollen. Ob jeder seinen eigenen Weg gehen will, oder ob es wieder einen gemeinsamen gibt für uns."

„Ich dachte immer, das ging von Mama aus. Ein neues Leben in Düsseldorf. Malen. Sich selbst verwirklichen und so weiter."

„Schau, ich habe ja ebenfalls eine neue Arbeit und ein neues Umfeld dort in Bonn, das find ich auch spannend."

„Ja, sicher, aber ihr habt noch die Wohnung hier, die ihr eigentlich gar nicht mehr braucht. Ich warte immer darauf, dass ihr sagt, ihr löst sie auf!"

„Nein, dazu ist alles zu unklar, wie es mit uns weitergehen wird."

„Außerdem löst man so eine tolle Wohnung nicht einfach auf!"

„Da hast du recht. Wie so oft."

„Du weißt, dass ich eine weise Frau bin!"

David schmunzelt, dann wird er wieder ernst. „Ja, ein verdammt kluges Mädchen bist du. Du lässt dir nichts vormachen!"

„Ich hatte auch nicht den Eindruck, dass ihr mir was vormacht. Ich fand eher seltsam, was da alles im Hintergrund passiert. Eben noch waren wir eine Familie und, päng!, plötzlich ist die Schwester in Australien, die Mutter in Düsseldorf und der Vater in Bonn."

„Und keiner hält es für nötig, dich vorher um Erlaubnis gefragt zu haben!"

„Nee, das meine ich gar nicht so lächerlich, wie du das jetzt machst. Quatsch, Erlaubnis – darum geht es gar nicht. Jeder kann machen, was er will, das ist okay. Aber ich hätte es schön gefunden, wenn wir mal darüber gesprochen hätten."

„Sorry, ich wollte das nicht ins Lächerliche ziehen. Und Entschuldigung, das war wirklich ziemlich blöd von uns. Wir waren so mit unserem eigenen Kram beschäftigt. Und ich glaube, wir hatten auch nicht richtig klar, was das jetzt eigentlich wird mit uns."

„Das habt ihr ja anscheinend immer noch nicht!"

„Nee, da hast du wieder recht!"

Eine ganze Weile schauen beide in die Ferne und lauschen dem Lied des fließenden Wassers. Dann fängt Madita wieder an: „Papa, darf ich dir mal eine sehr persönliche Frage stellen?"

„Nur zu, wenn ich das anschließend auch darf!"

„Abgemacht. Also …" Madita stockt, schaut ihren Vater kurz an, zieht die Nase kraus und lächelt dabei. „Papa, hast du eine neue Freundin?"

David lacht. „Damit habe ich gerechnet."

Er räuspert sich, trinkt noch mal einen Schluck.

„Nein, Madita. Ich liebe nach wie vor deine Mutter und komme nicht von ihr los. Ich finde manchmal schon andere Frauen reizvoll, aber da läuft nichts. Entweder Stella, oder gar keine!"

David lacht heiser, räuspert sich, trinkt wieder einen Schluck. Madita hat ihn die ganze Zeit angeschaut, das macht ihn verlegen wie ein Schulbub. Einen Augenblick lang hat er das Gefühl, Stella schaut ihn an.

„Das ist schon komisch, Papa, dass du von einer Frau nicht loskommst, die immer zwei Männer hatte, findest du nicht?"

„Ja, das ist in der Tat seltsam, aber ich habe das ja nie infrage gestellt, dass meine Frau zwei Kerle liebt. Ich war immer glücklich damit."

„Ihr seid echt ein lustiges Gespann, ein Trio infernal. Und jetzt auf einmal macht sich der eine aus dem Staub, und der andere sagt nicht: *Prima, dann habe ich die Frau jetzt ganz für mich*, sondern schlägt sich ebenfalls direkt in die Büsche."

„Stella hat damit angefangen. Mit dem In-die-Büsche-schlagen, meine ich."

„Okay. Und es gab nichts, was du dagegen tun konntest?"

„Wenn meine Frau irgendwas will, brauche ich erst gar nicht versuchen, irgendetwas dagegen zu tun. Bei meinen Töchtern übrigens auch nicht"

„Du meinst, die Weiber machen sowieso, was sie wollen?"

„Genau!"

„Armer Papa! Glaubst du eigentlich, dass Mama dort in Düsseldorf einen Lover hat?"

„Darüber habe ich noch gar nicht nachgedacht. Ehrlich! Aber es kann gut sein. Stella war noch nie ein Kind von Traurigkeit. Wenn ihr ein Mann gefällt, dann denkt sie nicht allzu lange darüber nach, ob das jetzt okay ist oder ein Problem werden könnte."

„Bist du nie eifersüchtig geworden? Oder Jakob?"

„Es ist, glaube ich, nicht so oft passiert, als sie uns beide zur Auswahl hatte. Aber sie hat auch nie einen Hehl daraus gemacht, dass sie weder mono- noch duogam ist, oder wie man das auch immer nennen mag."

Eine Weile schweigen sie wieder, jeder hängt seinen Gedanken nach. Dann sagt Madita: „Jetzt hast du eine Frage frei!"

David lächelt, schaut seine Tochter kurz an, bevor er wieder zum Rhein guckt. „Ja, aber du brauchst nicht zu antworten, wenn dir das unangenehm ist."

„Schieß los, ich glaube, ich weiß schon, was du fragen willst!"

„Ach? Steht mir das auf der Stirn geschrieben?"

„Ja. Ihr Männer seid so durchschaubar."

Sie lacht. „Na dann sag mir doch mal, was ich fragen will!"

„Nee nee, du fragst. Ich kann dir dann sagen, ob das meine Vermutung war."

„Also gut. Hast du einen Freund?"

„Genau damit hatte ich gerechnet. Ja und nein. Ja heißt, ich habe einige Freunde, so wie Freundinnen. Wir reden und treffen uns hier und dort. Ab und zu ist auch einer dabei, der mehr riskiert. Aber außer Küssen und Umarmungen ist dabei nichts passiert. Es war bisher einfach noch nicht der Richtige dabei. Von daher nein."

„Du hast ja auch noch Zeit und musst nichts überstürzen."

„Stimmt, aber manchmal denke ich, der Richtige für mich muss erst noch gebacken werden. Ich bin ganz schön anspruchsvoll."

„Wie soll der denn sein?"

„Na, eigentlich soll er eine Mischung sein aus dir und Jakob, auch wenn das jetzt etwas kitschig klingt und für jeden Psychoanalytiker ein gefundenes Fressen wäre. Er soll auf jeden Fall Musiker sein, einer, der die Musik wirklich liebt. Er soll klug sein, schließlich will ich mich vernünftig mit ihm unterhalten können. Er soll selbstbewusst sein, aber kein Macker. Nicht aufdringlich und laut, eher zurückhaltend und ein bisschen schüchtern. Humor muss er haben und gerne lachen. Und natürlich soll er gut aussehen, kein dünner Hering, kein Dickerchen. Stark soll er sein und mutig. Mutig genug, um mich zu fragen, ob ich mit ihm gehen will."

„Oha, das klingt schwer nach Traumprinz. Vielleicht brauchst du auch zwei wie deine Mutter, damit deine Ansprüche halbwegs erfüllt werden?"

„Nee, zwei zugleich, das kann ich mir nicht vorstellen. Ich fand es total überraschend zu erfahren, was ihr da früher für euch ausprobiert habt. Vielleicht auch ein bisschen reizvoll. Aber ich glaube, ich komme da eher nach dir als nach Mama. Mir wäre das zu anstrengend."

„Ich habe mir das ja nicht ausgesucht, es hat sich so ergeben."

„Die Zeiten haben sich auch ganz schön geändert, glaube ich. Was meinst du, wie überrascht die meisten Jungen wären, wenn ich ihnen sagen würde, dass mir einer nicht reicht."

„Ja, das kann gut sein. Wir sind einfach *old school*!"

„Aber hallo. Verdammt aufregende *old school*!"

„Ich merke, dass dir das eigentlich gefällt."

„Und ob! Ich bewundere euch dafür, dass ihr euch so etwas getraut habt! Schade, dass das Modell gescheitert ist!"

David brummt zustimmend, Madita streicht ihm über den Kopf und fragt: „Warst du auch so anspruchsvoll, Papa?"

„Nein, ich hatte nie so einen Anforderungskatalog wie du. Ich war ziemlich schüchtern damals und froh, wenn mich überhaupt ein Mädchen ansprach. Okay, sie musste mir sympathisch sein, aber ob blond, braun oder schwarz, groß oder klein, älter oder jünger, das war erst mal völlig schnurz!"

„Bis du sie im Bett hattest?"

„Wie gesagt, Madita, ich war schüchtern, auch da. Sie musste die Initiative ergreifen. Und das ist vielleicht bei dir der springende Punkt. Wenn du einen sensiblen und schüchternen Traumprinzen willst, musst du ihn dir erobern, sonst kannst du lange warten."

„Hat Mama dich erobert?"

„Ja, zum Glück. Als ich sie sah, wusste ich: *Das ist sie!* Aber ich hatte nicht genug Mumm, um daran zu glauben, dass ich der Richtige für sie wäre. Sie war ja damals schon mit Jakob zusammen, und ich kannte ihn und mochte ihn gerne. Ich hätte mich sofort in die Büsche geschlagen, aber sie hat mich gepackt und mir unmissverständlich klargemacht, dass sie mich will. Und Jakob. Und ich war so glücklich darüber, mit der schönsten und klügsten Frau der Welt zusammen zu sein, dass ich dieses Modell nie infrage gestellt habe."

„Das ist eine schöne Liebesgeschichte!"

„Das kannst du laut sagen!"

Abschied und Neubeginn

Wieviel Abschied kann man ertragen? Was kommt danach?
Gestern war mein letzter Tag an meiner Schule. Ich hatte ziemliche Angst davor, weil ich mit Abschied nicht gut umgehen kann. Aber jetzt geht es mir gut. Das liegt natürlich auch daran, dass ich jetzt sechs Wochen Sommerferien habe, morgens ausschlafen kann und in den Urlaub fahre. Aber ich habe es richtig gut hinbekommen diesmal, das Abschiednehmen. Seit zwei Jahren etwa merke ich, dass mir die langen Autofahrten morgens und nachmittags nicht guttun. Wenn ich über die Dörfer fahre, geht's noch. Aber Autobahn ist Horror für mich. Also habe ich mich in Köln beworben und eine Stelle bekommen, die ich mit dem Fahrrad erreichen kann. Darauf freue ich mich schon, in fünfzehn Minuten bin ich da.

In den letzten Monaten habe ich nochmal intensiv genossen, was ich alles vermissen werde. Meine netten Kollegen. Einige würde ich gerne mitnehmen an meine neue Schule, weil sie mir ans Herz gewachsen sind. Andere speichere ich in meinem Ewigen-Kuriositäten-Kabinett: Den Kollegen Alt etwa, auch Uralt genannt, ganz vergeistigt und mit Astronomie beschäftigt. Er besteht nur noch aus Haut und Knochen, pflegt zu Hause seinen senilen Vater. Keine Ahnung, wie alt er wirklich ist, Kollege Alt ist auf jeden Fall sehr dicht an der Pensionsgrenze. Vielleicht sogar darüber und man hat ihn einfach vergessen. Wenn die Konferenz anfängt, sitzt er in der hinteren Reihe, schaltet nach zwei Minuten sein Hörgerät ab und hat dann für die restliche Zeit einen völlig entspannten und friedlichen Gesichtsausdruck. Wenn seine Stimme für eine Abstimmung gebraucht wird, weckt ihn jemand kurz vorher, damit er seine Hand heben kann.

Meine zehnte Klasse habe ich vor drei Wochen entlassen. Eine tolle Feier. Die Schulband, die seit einem halben Jahr autonom ist und auch ohne mich proben kann, spielte unter anderem „Riders on the Storm" von den Doors in einer fast professionellen Fassung. Und meine Klasse hatte, mit mir zusammen, ein kleines Theaterstück auf die Bühne gebracht, die Familie Jacobson. Alle Familienmitglieder, also alle Schüler meiner Klasse, wurden nacheinander vorgestellt und präsentierten sich auf der Bühne mit einer typischen Handbewegung, spezieller Kleidung, einem typischen Spruch usw. Da war der Vater Andrej als Chef des Clans, die Mutter Kristina, die Großeltern, Tanten, Schwippschwager, heimliche Geliebte und unheimliche Hausfreunde, Pizzaboten, der verhaltensauffällige Hund, der bunte Vogel, das Kindermädchen und die süßen Kleinen. Alle postierten sich auf der Bühne zu einem großen, finalen Familienfoto und das Publikum tobte vor Begeisterung.

Bei der anschließenden wilden Party in einer Kneipe im nächsten Dorf heulten fast alle, zum Teil vor Freude über den schönen Tag und über die neugewonnene Freiheit, aber vor allem aus Kummer darüber, dass diese tolle Klasse jetzt auseinandergeht. Einer der stärksten Jungs, Thorsten mit der großen Klappe, klammerte sich am Schluss heulend an mich, hatte schreckliche Angst vor der Zukunft und wollte mich gar nicht mehr loslassen. Das lag natürlich auch an den Bieren, die er schon getrunken hatte. Ich musste auch heulen, weil ich so ergriffen war von diesem Tag und der Anhänglichkeit meiner Schüler. Wir versprachen uns, dass wir uns bald wiedertreffen wollten. Aber wie das dann immer so ist, wenn erst einmal jeder seiner Wege geht, dann wird das meistens schwierig.

Mein Kollegium schenkte mir zum Abschied ein schönes Fotoalbum, jeder Kollege hatte eine kleine Botschaft für mich hinzugefügt. Das rührte mich sehr. Ich hatte eine kurze Abschiedsrede vorbereitet und übergab feierlich die über Jahre im Musikraum angesammelten Kurshefte an die Schulleitung. Alle Kollegen wussten sofort, wie das zu verstehen war. Unser neuer Rektor, wegen seiner Kleidung und finsteren Art auch der schwarze Mann genannt, war ein unerbittlicher Paragraphenreiter und Korinthenkacker erster Güte. Die Vorstellung, dass ich über Jahre meine Kurshefte nicht bei ihm abgegeben hatte, musste ihn tief erschüttern, vor allem die Tatsache, dass er das nie bemerkt und moniert hatte. Ich brachte mein Versäumnis mit der Bitte um Entschuldigung also wieder in Ordnung, bevor ich ging. Die Kollegen lachten darüber, weil sie wussten, dass es völlig egal war, ob diese Hefte nun archiviert wurden oder nicht, und der schwarze Mann nahm sie entgegen und versuchte, gute Miene zum bösen Spiel zu machen.

Drei Tage vorher hatte ich ein Abschiedsgespräch mit ihm vereinbart. Ich wollte ihm alles, was mich an seiner Amtsführung störte und mit dazu beitrug, dass ich die Schule verließ, in geballter Kürze vortragen und hatte mir eine entsprechende Liste gemacht. Das Gespräch dauerte eine halbe Stunde. Ich trug vor, erklärte, schaute ab und zu auf, ob er mich auch richtig verstand. Er fragte nichts, unterbrach mich nicht, saß da ganz stoisch auf seinem Chefsessel unter dem großen, schwarzen Holzkreuz und schaute so betont unbeteiligt, als ob ich ihm die Zeitungsmeldungen von vorgestern vorlesen würde. Vernachlässigung seiner Fürsorgepflicht? Autoritärer Führungsstil? Mangel an Fingerspitzengefühl? Ignoranz? Bevorzugung von Duckmäusern und Bestrafung von Kollegen mit eigener Meinung? Null Interesse für sein Kollegium? Formalexzesse als Abwehr lebendiger Schulkultur? Kontrollsucht? Egal, was ich ihm an den Kopf warf, er gab sich völlig unbeeindruckt. Als ich fertig war mit meiner Anklage, schaute er mich mit einem leichten Lächeln an und fragte: „So, sind Sie jetzt fertig? Dann würde ich mich gerne wieder meiner Arbeit widmen." Damit verabschiedete er mich.

Ich war irritiert, dass er sich gar nicht verteidigt hatte, aber andererseits froh, dass ich dies alles einmal losgeworden war. Passieren kann mir ja nicht mehr viel, außer, dass er seinen Kollegen von meiner zukünftigen Schule vor mir warnt. Soll er doch. Wer mich kennt, merkt schnell, dass ich kein Querulant bin. Ich kann bloß Ungerechtigkeiten und Amtsmissbrauch schwer ertragen. Die Wut, die sich über Jahre aufgestaut hat, musste mal raus. Meine Kollegen, denen ich von diesem Gespräch erzähle, freuen sich, dass die Dinge, die alle aufregen, mal zur Sprache gekommen sind. Einige sind neidisch auf mich, dass sie den schwarzen Mann noch länger ertragen müssen, während ich eine neue Chance bekomme. Ich freue mich wahnsinnig auf meine neue Schule und hoffe inständig, dass ich dort in Ruhe arbeiten kann.

Madita hat diese Passage jetzt schon dreimal gelesen, den letzten Satz laut. Sie nickt, als ob sie sich selbst bestätigen will und sagt halblaut: „Ja, das möchte ich später auch, in einer Schule in Ruhe arbeiten, nette Schüler und Kollegen haben und eine Schulleitung, die mich unterstützt."

Sie hat schon zwei kleine Schulpraktika gemacht und dabei ganz verschiedene Kollegien kennengelernt. Sie hat gemerkt, wie wichtig es ist, unterstützt zu werden, und wie sehr man als Lehrer vom Wohlwollen der Schüler, Kollegen und natürlich auch der Schulleitung abhängt. Wenn Krieg zwischen Kollegium und Leitung herrscht, geht ganz viel Energie in diese Auseinandersetzung, statt in die Klassenzimmer. Wenn Kollegen von ihrer Schulleitung nicht unterstützt werden, gehen sie daran kaputt. Sie hat ausgebrannte, frustrierte, fast apathische Kollegen kennengelernt, die nur noch die Jahre bis zu ihrer Pensionierung herunterzählen. Und sie hat Kollegen erlebt, die so interessanten Unterricht machen, dass sie dort gerne selbst noch einmal Schülerin wäre. Das waren nicht nur junge Kollegen, sondern auch ältere, manche schon um die 60. Das macht ihr Mut, auf ihrem Weg voranzugehen. Manchmal kann sie es gar nicht mehr abwarten, bis sie endlich Lehrerin ist.

Je mehr sie sich mit Jakobs Tagebüchern befasst, desto mehr fragt sie sich, warum er alles hingeschmissen hat. Er hat doch immer wieder die Hindernisse bewältigt, tolle Klassen und Kollegen gehabt und trotz aller Widerstände scheinbar guten Unterricht hinbekommen. Er ist ein Vorbild für sie, sie wünscht sich, auch mal so eine Lehrerin zu werden, so offen und ehrlich mit sich selbst, immer interessiert an gutem Kontakt zu den Schülern und an interessantem Unterricht. Aber warum in aller

Welt hört so ein Mensch dann plötzlich auf? Sammelt sich der ganze Frust im Laufe der vielen Jahre an, sodass man irgendwann nicht mehr kann? Wird man im Alter so dünnhäutig und empfindlich, dass man das alles nicht mehr erträgt? Wie kann man sich davor schützen?

Man darf nicht alles schlucken, sich nicht alles gefallen lassen, das ist klar. Aber er hat ja seinem Chef die Meinung gesagt. Zwar erst beim Weggehen, aber immerhin. Das war mutig, aber vielleicht zu spät. Hätte sie das anders gemacht? Jakob ist, wie übrigens auch David, so ein Typ Mensch, der nicht sofort herauskommt mit der Sprache. Jemanden zu kritisieren fällt ihm schwer. Auch Meckern und Streitanfangen ist überhaupt nicht seine Sache. Er wartet ab, denkt sich seinen Teil, und irgendwann platzt es dann heraus und man wundert sich, wie viel sich da angesammelt hat. Das ist auf Dauer kein effektives Konzept, dieses innerliche Aufstauen kann nicht gesund sein und die Auseinandersetzungen haben dann oft eine unangenehme Schärfe, weil so viel zusammenkommt.

Das hat er selber auch so erkannt, wenn es seinen Unterricht betrifft. Wo war das noch? Sie blättert zurück in seinen Aufzeichnungen:

Immer wieder tappe ich in die gleiche Falle. Was mir fehlt, ist Konsequenz und ein Sensor für Situationen, in denen ich nicht früh genug einschreite. Im Musikunterricht passiert mir das besonders in fremden Klassen häufig. Alles läuft prima, die Stimmung ist gut und wird immer lockerer, irgendwann geht es dann auf einmal über Tisch und Bänke und ich habe den richtigen Zeitpunkt verpasst, Stopp zu sagen. Jetzt wieder die Kurve zurück zu kriegen zu einem „normalen" Unterricht, ist wahnsinnig schwer und ich muss brüllen und böse werden. Dabei hatte doch alles so schön angefangen!

Auch in meiner eigenen Klasse passiert das ab und zu. Da, wo ich eigentlich nicht brüllen muss, weil mich alle gut kennen und auch auf kleinere Signale reagieren. Ich glaube, ich habe immer noch die geheime Hippie-Sehnsucht, ein Gleicher unter Gleichen zu sein. Wenn die Klasse sich zu wohl fühlt und den Eindruck hat, ich lasse sie an der ganz langen Leine laufen, dann gibt es erst einen, dann zwei und dann mehrere, die ausprobieren, ob da überhaupt noch eine Leine ist. Es wird lauter, unmerklich erst, dann deutlich. Wenn ich höre, dass über die Sache diskutiert wird, lasse ich die Lautstärke zu, aber irgendwann wird es eine explosive Mischung und ich ziehe die Reißleine. Vor allem werde ich dann richtig sauer und verliere meinen Humor.

Einige meiner Kollegen können das viel besser. Die können Sauersein spielen, die können ihre Stimme erheben und dabei total gelassen und kontrolliert bleiben. Das bewundere ich. Einige meiner Schüler flüstern mir manchmal zu: „Bleiben Sie locker! Lassen Sie sich nicht ärgern!" – und sie haben vollkommen recht. Warum lasse ich es soweit kommen, bis es zu spät ist? Weil ich nicht rechtzeitig mit kleinen Maßnahmen einschreite, muss ich am Schluss den großen Hammer rausholen.

Er hat es genau erkannt, aber konnte es scheinbar nicht abstellen. Wird sie später einmal das gleiche Problem haben? Vielleicht nicht, sie ist nicht der Typ, der Ärger erstmal hinunterschluckt. Da kommt sie mehr nach ihrer Mutter. Sie könnte Dinge, die sie ernsthaft stören, nicht tage- oder wochenlang mit sich herumschleppen. Von daher würde sie das vielleicht auch im Unterricht besser

119

hinbekommen, wer weiß. Sie hat einmal einen Stunden-einstieg selbst probiert im Praktikum, ein anderes Mal die zweite Hälfte einer Stunde übernommen. Das klappte überraschend gut, obwohl sie sehr aufgeregt war und manches von dem vergaß, was sie sich eigentlich vor-genommen hatte. Aber die Schüler waren sehr nett zu ihr und arbeiteten eifrig mit. Natürlich war der Lehrer mit dabei. Wie es wohl ist, wenn sie später ganz alleine vor einer Klasse steht?

Vom Regen in die Traufe

Ich bin geschockt. Warum habe ich mich bloß versetzen lassen? Ich habe vorher lange Telefonate geführt, die neue Schule be-sucht beim Tag der offenen Tür, habe mit dem neuen Rektor gesprochen und gedacht, ich würde als Musiklehrer dringend gebraucht. Es gab nämlich keinen. Und jetzt? Nur zwei Stun-den Musik in der Woche! Stattdessen soll ich Technik unter-richten, ein Fach, das ich weder unterrichten kann noch darf. Mit den Maschinen und Geräten im Technikraum kenne ich mich doch überhaupt nicht aus. Und ich habe eine neue fünfte Klasse übernommen, mit 29 Schülern, mehr als jede andere Klasse hier hat. Mit den Neuen kann man's ja scheinbar machen. Mindestens acht Schüler sind schwer verhaltensauf-fällig, zwei völlig überfordert. Normaler Unterricht ist nicht möglich, ich bin nassgeschwitzt, wenn ich aus dem Klassen-raum komme und danke Gott, wenn sich niemand verletzt hat oder aus dem Fenster gesprungen ist.

Die Schulleitung ist überhaupt keine Hilfe. Der Rektor ist ehemaliger Bundeswehr-Offizier, der an seiner weiteren Karriere bastelt. Er ist sichtlich uninteressiert an mir und meinen Problemen und lässt mich das auch deutlich spüren. Kolleginnen sagen, er könne auch charmant sein. Wahrscheinlich nur gegenüber Frauen. Er hört mir noch nicht einmal richtig zu. „Musik? Vielleicht im nächsten Jahr mehr, Sie merken ja, hier gibt es weder einen Fachraum noch irgendeine Ausstattung!" „Technik können Sie nicht? Dann machen Sie doch was anderes mit den Schülern!" „Ihre Klasse ist zu voll? Wir hatten früher 40 Kinder in einer Klasse!" „Verhaltensauffällige Schüler? Die gibt es doch überall, wir sind schließlich eine Hauptschule!" Auf meine Entgegnung, ich käme von einer Hauptschule, sagt er nur: „Dann wussten Sie ja, was auf Sie zukommt!"

Die Konrektorin hat mich schon am ersten Tag mit den Worten begrüßt: „Ich bin auch erst seit einem Jahr hier. Ein komisches Kollegium ist das, hier wird einem das Wort im Munde umgedreht!" Auf meine erstaunte Nachfrage wollte sie nicht näher eingehen, ich würde schon selbst merken, was hier los sei. Das Kollegium wirkt tatsächlich inhomogen, es gibt Grüppchen und man muss gut aufpassen, wem man was sagt. Einige sind sehr nett und offen, wenn ich die nicht hätte, wäre ich schon weggelaufen. Es gibt offenen Streit zwischen Lehrerrat, Teilen des Kollegiums und der Schulleitung, der zum Teil erbittert und mit harten Bandagen geführt wird. Ich halte mich da komplett raus, will einfach nur überleben. Das ist schwer genug. Ich fühle mich jetzt schon nach wenigen Wochen so ferienreif wie sonst nach einem ganzen Schuljahr.

Gleich in der dritten Woche gab es eine Verfolgungsjagd. Ein albanischer Schüler aus der neunten Klasse rannte in der Pause auf dem Schulhof hinter einem Mitschüler her, hatte einen großen Holzknüppel in der Hand und schrie immer wieder: „*Ich schlag ihn tot!*" Ich hatte Aufsicht, ließ über andere Schüler Verstärkung aus dem Lehrerzimmer holen und rannte dann schließlich zusammen mit dem Sozialpädagogen und einem Kollegen hinter dem Jungen her, um ihn einzufangen und zu entwaffnen. Das war nicht so einfach, denn er war groß und kräftig, völlig außer sich und wehrte sich mit allen Mitteln, trat, ruderte wild mit den Armen, biss und spuckte. Schließlich gelang es uns zu dritt, ihn auf dem Boden so festzuhalten, dass er sich kaum mehr bewegen konnte. Er schrie wie am Spieß, auch noch, als die Polizei kam und ihn abführte. Der Sozialpädagoge fuhr mit.

Am nächsten Tag berichtete er, der Vater wäre erschienen, hätte ebenfalls wüste Beschimpfungen und Drohungen ausgestoßen, erst gegenüber dem Jungen, dann gegenüber der restlichen Welt. Er werde kommen und sich rächen, wir würden schon sehen. In einem früheren Gespräch mit dem Sozialpädagogen hatte der Junge einmal erzählt, der Vater hätte eine Waffe zu Hause, mit der er ihn und auch die Mutter bedrohen würde. Da Polizei und Jugendamt Vater und Sohn wieder laufen ließen, wurde zwei Wochen Besuchsverbot für ihn und seinen Jungen in der Schule verhängt. Aber das Kollegium rechnete täglich damit, dass der Vater mit einer Waffe auftauchen würde. Stattdessen tauchte auch der Sohn nicht mehr auf. Aus Sorge, er würde im Heim untergebracht, hatte ihn der Vater bei Nacht und Nebel irgendwie außer Landes gebracht.

Wie oft habe ich meine Entscheidung, mich versetzen zu lassen, schon verflucht. Positiv ist wirklich der kurze Schulweg. Ich brauche kein Auto mehr, stattdessen habe ich mir ein neues Fahrrad gekauft. Und positiv sind auch einige nette Kollegen, mit denen ich eng zusammenarbeite. Aber sonst sieht es ziemlich finster aus. Nach den Herbstferien werde ich eine Klassenkonferenz einberufen, um zu beraten, was mit den vielen potentiellen Förderschülern in meiner Klasse passieren soll. Ich habe den Schulleiter der Förderschule mit eingeladen, er hat zugesagt, dass er kommen will, wenn es ihm möglich ist. Das ist ein Lichtblick.

Noch ein kleiner Hoffnungsschimmer: Ich habe im weitläufigen Schulkeller alte Gitarren entdeckt, keiner weiß, wem sie gehören. Außerdem gibt es ein altes Klavier und einige Orff-Instrumente. Der ehemalige Schulleiter hat damals auch Musik unterrichtet, erzählten mir die alten Kollegen. Einer hat mir neulich noch eine Gitarre mitgebracht, die er in seinem Klassenschrank hatte. Langsam bekomme ich eine kleine Sammlung zusammen, jetzt fehlt mir nur noch der passende Raum. Ich habe den Schlüssel für die Aula bekommen, dort unterrichte ich Musik, wenn die Aula nicht anderweitig gebraucht wird. Das ist besser als nichts, aber für die schwierigen Schüler eine prima Gelegenheit, mit mir Nachlaufen zu spielen – quer durch die Aula, auf die Bühne, hinter den Vorhang, hier ein wenig auf dem alten Klavier klimpern, dort mal eben die Beleuchtung abschalten oder am Mischpult sämtliche Regler verstellen … Es ist nie langweilig im Musikunterricht. Wenn es nur einer oder zwei wären, die ausflippen, das wäre schön! Ich wünsche mir die harmlosen Landkinder aus meiner früheren Schule zurück!

„Jetzt beginne ich zu verstehen," erzählt Matilda ihrer Mutter am Telefon, „warum Jakob irgendwann die Schnauze voll hatte. Er hatte sich so gefreut auf einen Neuanfang und kam stattdessen in einen riesigen Schlamassel hinein. Eine vollgestopfte Klasse mit auffälligen Kindern, die ihn überforderten, Stress im Kollegium und mit der Schulleitung."

„Ja, das weiß ich noch gut. Im ersten Jahr an der neuen Schule ging es ihm richtig schlecht. Manchmal wünschte er sich sogar den schwarzen Mann zurück, das muss man sich mal vorstellen. Ich glaube, das Schlimmste für ihn war, dass er sich völlig unter Wert verkauft fühlte. Die Schule hatte keinen Musiklehrer, er wurde als Musiklehrer eingestellt und erlebte dann, dass man im Grunde auf die Musik pfiff und ihn stattdessen vor allem als Lückenbüßer brauchte. So wie das an manchen Schulen leider üblich ist. Wer neu ist, kriegt die schlimmste Klasse und die Fächer, die sonst keiner unterrichten will. Eine Art Aufnahmeritual. Wer das mit sich machen lässt und überlebt, den kann auch sonst nichts mehr schocken. Und wer nicht, auf den kann man auch gut verzichten, dann holt man sich eben den Nächsten."

„Wie übel! Und das ist so üblich?"

„Nicht überall, aber es gibt genug Schulleitungen, die das genauso praktizieren. Sie würden es nie zugeben, dass das absichtlich passiert. Es sind natürlich immer die Zwänge des Stundenplans und so weiter. Aber es ist immer ein Mangel an Empathie und Menschlichkeit. So behandelt man einfach keine Kollegen, auch oder gerade nicht, wenn sie neu sind."

„Wurde es denn nach dem ersten Jahr etwas besser bei Jakob?"

„Ja, er machte ein paar mehr Musikstunden, er bekam vom Förderverein ein wenig Geld für Musikausstattung und schließlich auch einen eigenen Musikraum. Er scharte eine Band um sich herum, mit provisorischem Schlagzeug und Billig-Mikros, mit denen hatte er einen Auftritt in der Nachbarschule beim Friedenstag. Ich war da, es war alles etwas improvisiert, aber sehr eindrucksvoll. Eine muslimische Schülerin mit einer tollen Stimme sang voller Inbrunst ein wunderbar trauriges, jiddisches Lied, das muss man sich mal vorstellen! Seine Schulleitung hielt es nicht für nötig, sich das anzugucken. Aber der Integrationsbeauftragte gratulierte ihm hinterher und lud ihn ein, jetzt immer mit seinen Schülern zum Friedenstag zu kommen und Musik zu machen. Jakob antwortete: ‚Wenn meine Schulleitung mich lässt, sehr gerne!' Der Mann dachte, er mache Witze, aber als Jakob ihm erzählte, dass er ganz alleine auf dieser Veranstaltung seine Schule vertreten würde und den Transport von Schülern und Instrumenten ebenfalls auf eigenes Risiko organisierte, wusste der Mann Bescheid."

„Traurig, aber immerhin ein Anfang. Was war mit seiner Klasse?"

„Er hatte eine sehr nette und resolute Mitstreiterin in der Parallelklasse, die beiden schrieben für ihre besonderen Schüler Anträge im Dutzend und machten so viel Dampf, dass sie die meisten wirklich an Förderschulen unterbrachten. Leider stopfte ihnen die Schulleitung die Lücken immer wieder mit neuen Schülern, die aufgenommen und dann ohne Rücksprache in die Klasse geschoben wurden."

„Ja, das hast du mal erzählt. Finster. Ist Schule immer noch so ein hierarchischer Laden, wo Lehrer das alles mit sich machen lassen müssen?"

„Ich glaube, es ist in den meisten Fällen eher Bequemlichkeit und Gedankenlosigkeit. Solange nur die Kollegen murren oder meckern, passiert nicht viel. Wenn die Eltern oder gar der Schulrat auf der Matte stehen, dann kommt plötzlich Bewegung in die Sache."

„Und warum sagen die Eltern nichts?"

„Viele Hauptschuleltern sind selbst nicht so gerne zur Schule gegangen, sie möchten einfach mit der Schule so wenig wie möglich zu tun haben. Zweimal im Jahr Elternsprechtag muss reichen."

„Das heißt, am Gymnasium würde sowas nicht passieren?"

„Wahrscheinlich nicht, da würden die Eltern auf die Barrikaden gehen. Aber dort sind auch die Klassen stabiler, nach der sechsten Klasse wird ordentlich ausgesiebt und dann gibt es nicht mehr so große Veränderungen in der Klassenzusammensetzung bis zur Oberstufe. Aber dort kämpfen die Kollegen manchmal mit dem gegenteiligen Phänomen, dass die Eltern sich wegen jedem Pups einmischen und dauernd mitreden wollen. Das ist auch nicht schön."

„Und an den Gesamtschulen hat man dann beide Elterntypen?"

Stella lacht und verschluckt sich dabei an ihrem Tee, den sie beim Telefonieren trinkt. „Nee, Madita, das sind ja jetzt die Extreme. Die meisten Eltern sind ganz normal, über die extremen ärgert man sich. Entweder, weil sie sich überhaupt nicht kümmern, oder weil sie nerven. Wenn man Pech hat, hat man die auch an der Gesamtschule, ja."

„Und bei dir an der Förderschule?"

„Da gibt es auch von jedem etwas, die meisten sind nett. Das Schöne bei uns ist, es sind nicht so viele. Wenn ich mir das nur vorstelle, ich müsste bei einem Elternsprechtag dreißig Eltern beraten! Wie hält man das durch? Keine Ahnung. Aber es scheint möglich zu sein."

„Mal was ganz anderes, Mama. Kannst du dir vorstellen, dass wir im Herbst zusammen nach Holland fahren, wie früher? Mit Papa, meine ich?"

„Na klar, die Idee hatte ich auch schon. Weißt du, David und ich sind ja nicht im Streit auseinander gegangen. Wir halten bloß mal für eine Zeit etwas Abstand voneinander. Ich mag ihn nach wie vor sehr gerne und finde das eine gute Idee. Hast du ihn schon gefragt?"

„Ja, er war neulich hier zum Quatschen. Er will auch, sagt aber, ich soll dich fragen."

„Okay, soll ich uns was organisieren?"

„Ich hab schon was rausgesucht, ich wollte bloß hören, ob du mitkommst! Direkt hinter den Dünen, so wie immer, eine Woche!"

„Super, du bist ein flottes Mädchen. Danke!"

Hinter den Dünen

In diesem Ort in Holland sind sie schon so oft gewesen, sie kennen die kleinen Läden, die Frittenbude, die Windmühle; die Wege durch die Dünen und den langen, wunderbaren Sandstrand mit den Strandhäuschen, wo man einen schaumigen Milchkaffee, eine große Chocomel mit Sahne, einen Pfannkuchen mit Äpfeln, Zimt und Zucker und natürlich auch einen alten, jungen oder fruchtigen Genever genießen kann, bevor man aufgewärmt und gut gestärkt wieder den Weg zurück antritt. Alles ist wie immer an diesem Ort, von dem sie nie genug bekommen. Fast wie immer. Ria fehlt natürlich, die ist in Australien hängen geblieben, wo sie sich zusammen mit ihrem australischen Freund eine neue Existenz aufbaut.

Auch die Routinen sind wie immer. Natürlich schlafen Stella und David im großen Ehebett und Madita ist im kleinen Dachstübchen. Sie hatte schon befürchtet, dass diesmal alles anders wird. Aber nein, Stella und sie schlafen wie immer morgens etwas länger, während David früh aufsteht, Baguette holt und Frühstück macht. Wenn es im ganzen Häuschen nach Kaffee duftet, kommen die Frauen aus ihren Betten. Die langen Strandspaziergänge am Tag, zusammen kochen am Abend und hinterher spielen, alles wie immer. Eines kommt diesmal noch dazu. Madita hat Jakobs Tagebücher mitgebracht und liest immer wieder ein Stückchen daraus vor.

Sie ist gerade an einer Stelle, die sich, wie sie sagt, so verrückt und völlig abgedreht anhört, dass man glauben würde, Jakob hätte sich die ganze Geschichte ausgedacht. Jeder Regisseur würde die Story als zu aufgesetzt, dick aufgetragen und unglaubwürdig ablehnen. Es sei denn, er will eine richtig kitschige Trash-Serie filmen: *Die Schule, wie sie wirklich ist*. Es liest sich wie ein Kitsch-Roman von Liebe, Eifersucht, Willkür und Wahnsinn und Madita und ihre Eltern haben mächtig viel Spaß dabei, sich beim Lesen abzuwechseln und das Drama in all seinen einzelnen, von Jakob liebevoll betitelten, Aufzügen und Akten mit zu verfolgen:

Wie alles anfing

Irgendwo in Deutschland, malerisch hingebettet zwischen Industriebrache und Asylwohnheim liegt die Hauptschule im Eichengrund. Früher einmal war sie als Schule mit den schwierigsten Schülern und den nettesten Lehrern bekannt. Dieser Ruf wurde unter der väterlichen Fürsorge des ehrenvoll ergrauten Schulleiters sorgsam gepflegt. In dieser Schule wurde gefeiert und gelacht, die Lehrer ertrugen ihre schwierige Klientel tapfer und versuchten alles, um sie zum Hauptschulabschluss zu motivieren und in Lehrstellen unterzubringen.

Das war einmal. Diese Idylle endete mit der Pensionierung des Schulleiters. Es kamen Jahre der Verunsicherung und ein Schulleiter, der diese Stelle nur als Zwischenstufe auf seiner Karriereleiter nutzte. Nur zwei Jahre nach seiner vollmundigen Ankündigung, hier auf jeden Fall länger bleiben zu wollen, verabschiedete er sich schon lässig in die nächsthöheren Gehaltsklassen. Es folgten führungslose Jahre, in denen die Schulbehörde das Schulleitergehalt praktischerweise einsparte und der überforderten Konrektorin doppelte Arbeit aufbürdete. Diese Zeit bedeutete Stress pur für das Kollegium, mit allem, was so ein Machtvakuum mit sich bringt: Cliquenbildung, Angriffe, Gerede und Gerangel. Das netteste Kollegium der Stadt war zwar immer noch nett, aber im Untergrund taten sich Gräben auf. Neue Kollegen konnten eigentlich nur von einem Fettnapf zum nächsten stolpern.

Aber wenn die Not am größten ist, naht auch schon Hilfe. Der Schulrat eilte herbei, zeigte eine Powerpoint-Präsentation mit bunten Bildern eines Segelschiffs und beschwor den Mannschaftsgeist und den Durchhaltewillen des Kollegiums. Motto: Ein Chef wird kommen! Das Kollegium war gerührt und erschüttert zugleich und wusste nicht, ob es lachen oder weinen sollte. Aber der Wunsch, durch eine kompetente Schulleitung endlich wieder Boden unter den Füßen zu bekommen, war einfach übermächtig. Erwartungen, Gerüchte und Spekulationen überschlugen sich.

Der Platzhirsch

Dann kam er endlich – der neue, starke Mann! Verschiedene Namen waren im Gespräch, am Ende entschied sich die Behörde wie so oft für die kostengünstige Methode. Der Grundschulleiter Putzhammer war auf seiner Stelle überbezahlt, eine Hauptschulleiterstelle musste her – und da war sie! Das Kollegium, die Eltern und die Schüler wurden natürlich nicht gefragt, sondern nur informiert. Putzhammer machte seinem Namen sogleich alle Ehre und vertat keine Zeit mit Höflichkeitsfloskeln. Mit seiner bulligen Statur stellte er sofort klar, wer jetzt hier der Chef im Ring sei. Die Kollegen waren irritiert, aber manch einer dachte: „Gut, dass einer hier mal wieder klare Ansagen macht, wo's lang geht. Und überhaupt, es braucht ja nicht Liebe auf den ersten Blick zu sein. Vielleicht hat er verborgene Qualitäten."

Ein großer Redner war er nicht, oh nein. Ein großer Denker auch nicht, denn ein Konzept, eine Vision von Pädagogik und Schule schien er nicht zu haben. Ein Pragmatiker halt, der würde das Kind schon schaukeln. Vielleicht. Apropos schaukeln: Einige Kollegen nannten ihn wegen seiner groben Umgangsformen und seiner bulligen Statur den Schiffschaukelbremser. Auf den Gedanken, sich in den Klassen persönlich vorzustellen, schien er nicht von alleine zu kommen. Pflichtbewusste Kollegen schrieben seinen Namen an die Tafel, damit die Schüler wenigstens wussten, wie er heißt, wenn sie ihn schon nicht persönlich kennengelernt hatten.

Während die unverbesserlichen Gutmenschen und Optimisten im Kollegium weiterhin unermüdlich nach verborgenen Qualitäten des neuen Chefs fahndeten, machte Putzhammer es ihnen ausgesprochen schwer, neue Erfolge zu melden. Da er vom Kollegium weder gewählt, noch gemocht werden musste, hatte er es überhaupt nicht nötig, das zu tun, was Neue überall zuerst tun sollten: Etwas über die Geschichte und spezielle Situation des neuen Betriebs erfahren. In persönlichen Gesprächen die Mitarbeiter kennenlernen, ihre individuellen Stärken, Fähigkeiten, Vorstellungen, Sorgen. Er redete zwar manchmal davon, wie gerne er alle besser kennenlernen würde, aber, Sie wissen schon, die Zeit, die Zeit. Immer kommt etwas dazwischen! Wichtiger war ihm allemal, dass die neuen Mitarbeiter ihn kennenlernen sollten – und das taten sie schnell.

Putzhammer verhielt sich wie ein Platzhirsch im neuen Revier - lautes Röhren ersetzt überflüssige Diskussionen: „Alles hört auf mein Kommando. Sie können mir vertrauen, denn ich weiß alles und kenne jede Situation genau aus meiner langjährigen Praxis in der Schule und übrigens auch in der Kommunalpolitik, wo ich mit jedem bekannt bin. Was Sie bisher gemacht haben und wie, interessiert mich nicht, denn jetzt wird alles genauso gemacht, wie ich es sage." Die Kollegen rieben sich verwundert die Augen und tuschelten: „Meint der das ernst oder ist das ein Scherz?" Nein, er meinte es genauso, wie er es gesagt hatte. Die erste, die das zu spüren bekam, war die Sekretärin, der er gleich zu Beginn den vergammelten Kühlschrank seines Vorgängers ins Sekretariat hinüberschob. Warum? Zum Saubermachen natürlich, dumme Frage. Ist doch Frauensache, oder?

Der Schließer

Das auffälligste an Putzhammer ist ein überdimensionierter Schlüsselbund, der vorne an seiner Hose baumelt und ihm das Aussehen eines Gefängniswärters verleiht. Das ständige metallische Klappern verstärkt diese Illusion. Wenn Putzhammer gemächlichen Schrittes einen Raum betritt, ist von ihm zunächst der Schlüsselbund, dann der prächtige Bauch und schließlich

131

auch der Rest des Körpers zu sehen. Zwar besitzen Schulleiter und Hausmeister einen Generalschlüssel, mit dem sie sämtliche Türen im Gebäude öffnen und schließen können, aber so ein einzelner Schlüssel macht natürlich überhaupt keinen Eindruck. Da Putzhammer im Bauchvergleich mit dem Hausmeister einen Wettbewerbsnachteil hinnehmen muss, macht er dies durch den dickeren Schlüsselbund wieder wett. Schlüssel scheinen überhaupt bei Putzhammer einen ganz zentralen, gewichtigen Platz einzunehmen.

Zunächst überrascht Putzhammer die Kollegen mit der Weigerung, ein Fach einzurichten, in das sie Listen, Anträge, Formblätter usw. für die Schulleitung legen können. Nein, das sei nicht seine Art zu kommunizieren, das sei zu unpersönlich. Er würde gerne Schriftliches von den Kollegen persönlich überreicht bekommen, dann hätte man auch Zeit für ein kleines Gespräch, für Nachfragen usw. Er wolle ja alle persönlich kennenlernen, da würde so ein Postfach nur stören. Das hört sich vielversprechend an. Sollte Putzhammer tatsächlich den persönlichen Kontakt zu seinem Kollegium suchen?

Nein, es sind nur leere Worte. In der Praxis sieht es so aus, dass zunächst einmal der Türgriff zum Rektorzimmer durch einen Türknauf ersetzt wird, der nicht mehr von außen geöffnet werden kann. Viele Kollegen stehen jetzt ein ums andere Mal vor der verschlossenen Rektortür mit ihrem Formblatt, dem abzugebenden Stundenplan oder der angeforderten Liste. Die ganz mutigen, die es wagen, zu klopfen, bekommen zu hören, dass der Schulleiter nicht gestört werden möchte, wenn die Tür geschlossen ist. Die vorwitzigen Kollegen versuchen dann nach mehreren vergeblichen Besuchen der verschlossenen Tür, ihre Blätter unter der Tür hindurchzuschieben. Manche befestigen sie auch außen an der Rektortür mit Tesaband. Auch dies wird ausdrücklich untersagt. Da sich Putzhammer nur selten im Lehrerzimmer aufhält, steigt die Verzweiflung der Kollegen. Und die Dankbarkeit, wenn er sich doch einmal seinem Volk zeigt oder seine Tür offenlässt. Dann muss man aber ganz schnell sein, denn der Chef hat immer Zeitdruck und wichtige Termine.

Die Sekretärin bekommt, nachdem sie für Putzhammer geputzt hat, viel Arbeit. Alles soll anders werden, alle Ordner neu sortiert, beschriftet und in neuen, abschließbaren Schränken untergebracht werden. Ein knallroter Tresor wird angeschafft für ganz, ganz wichtige Dokumente. Die Leuchtfarbe signalisiert jedem Einbrecher sofort: Hier lohnt es sich! Die Sekretärin bekommt das strikte Verbot, Lehrern Zugang zu ihrem Arbeitsplatz zu gewähren. An die Regale und an den Schreibtisch darf keiner mehr heran, außer der Chef persönlich. Gewöhnliche Lehrer sollen wie die Schüler hinter der Kundentheke warten, bis die Sekretärin sie bedient. Zeitweilig wird sogar eine der beiden Sekretariatstüren verschlossen, damit Lehrer nicht ungehörigerweise statt des Lieferanteneingangs den Herreneingang benutzen.

Die genervte und entsetzte Sekretärin gibt mutig Widerworte, sie will nicht weggeschlossen werden. Kollegen witzeln, dass jetzt nur noch die Gitter vor den Fenstern und Stacheldraht fehle, um den Eindruck der geschlossenen Anstalt perfekt zu machen. Nach internen Auseinandersetzungen zwischen Putzhammer und der Konrektorin gibt es eine neue Order an die Sekretärin: Sie darf jetzt nur noch Anweisungen des Schulleiters, dagegen keine Order der Konrektorin mehr entgegennehmen. Was dies alles für die bis dahin immer freundliche und kommunikative Sekretärin bedeutet, kann man sich vorstellen. Sie wartet auf den Tag, an dem entweder sie oder ihr Chef von den Männern im weißen Kittel geholt wird.

„Ist das wirklich passiert, oder denkt sich Jakob hier ein Märchen aus?" fragt Madita ihre Eltern, die vom vielen Lachen ganz feuchte Augen haben und dabei auf dem Sofa ganz eng zusammengerückt sind. So wie früher.

„Ich kann mich nicht mehr an jede Einzelheit erinnern, die Jakob damals erzählt hat, ich weiß nur noch, dass ich auch immer den Kopf geschüttelt und Jakob manchmal gefragt habe, ob er mich veralbern will. Wobei der Anfang noch halbwegs normal ist, es kommt ja noch viel besser!" antwortet Stella und David bestätigt ihre Aussage durch ein Brummen.

„Und wieso lassen sich erwachsene Menschen so etwas gefallen? Das sind doch Beamte, denen kann doch nichts passieren, wenn sie sagen: *Stopp mal, so geht's ja nun nicht!"*

„Ja, das ist eine gute Frage. Vielleicht gerade darum, weil sie Beamte sind und in den vielen Jahren ihres treuen Dienstes am Staat gelernt haben, dass alles seinen geordneten Weg gehen muss. Den Dienstweg nämlich. Und der geht vom Lehrer zum Schulleiter, vom Schulleiter zum Schulamt, vom Schulamt zur Bezirksregierung. So gehört sich das. Und wenn man sich beschweren will, dann bitte auf dem Dienstweg."

„Das ist doch bekloppt!"

„Aber es ist wirklich so. Was meinst du, wie viele gute Ideen und dringende Probleme auf diesem Dienstweg wochenlang vor sich hindümpeln, um schließlich auf irgendeinem Schreibtisch oder in irgendeinem Aktenordner zu verschwinden. Ganz schlimm ist es, wenn Papiere in der Bezirksregierung auf dem falschen Schreibtisch landen. Dann sind sie verloren. Man könnte zwar über den Flur gehen und die Papiere zum richtigen

134

Kollegen bringen. Aber nein, so funktioniert der Dienstweg nicht. Das ist zu spontan, fast schon anarchistisch. Der richtige Weg ist, das Papier zurückzuschicken auf dem umgekehrten Dienstweg, mit dem Vermerk, dass es in der falschen Abteilung gelandet ist, und die wäre nicht zuständig."

„Jetzt übertreibst du aber, Mama!"

„Durchaus nicht, genauso läuft's. Natürlich gibt es Ausnahmen, freundliche Leute, die mitdenken und ihren Hintern hochkriegen. Die vielleicht sogar eine Dienstweg-Station überspringen, wenn es Sinn ergibt und etwas so Verrücktes tun wie eben mal schnell anrufen. Aber die halten sich meistens nicht lange in so einer Behörde."

Strandgespräche

Madita genießt die langen Strandwanderungen durch Wind und salzige Seeluft, die so schön den Kopf freipustet von allem, was stört und nervt. Es ist, als ob die Watte, der Nebel aus dem Kopf verschwindet. Man bekommt einen klaren Blick, man spürt sich wieder und die elementaren Dinge. Sonne, Wolken, Regen, Wind, Wärme, Kälte – alles wechselt sich ab. Manchmal läuft Madita allein und hebt hier eine schöne Muschel auf und da einen interessanten Stein. Mit David zusammen kann sie auch mal eine Viertelstunde laufen, ohne zu reden, auch das ist angenehm, jeder genießt für sich und trotzdem ist man dicht beieinander. Wenn sie neben Stella läuft, reden sie meistens über dies und das. Natürlich auch über die Schule, denn das ist es, was Madita am allermeisten beschäftigt im Moment.

„Weißt du, Madita, ich bin manchmal gar nicht so sicher, ob dir die Beschäftigung mit Jakobs Tagebüchern wirklich guttut. Du erfährst auf diese Weise so viele Dinge, die dir vielleicht das Herz schwermachen und dich nicht unvoreingenommen an die ganze Sache rangehen lassen."

„Du meinst, ich soll lieber so naiv und ohne weiter nachzudenken vor mich hin studieren wie viele meiner Kommilitoninnen?"

„Nein, natürlich nicht. Naivität und Nichtnachdenken passt ja auch überhaupt nicht zu meiner Tochter!"

Madita lacht. „Du weißt, was ich meine!"

„Ich weiß das sehr gut. Ich hatte auch solche Leute im Studium und später im Seminar. Nein, natürlich wirst du immer reflektiert an die Sache rangehen und nicht irgendwo reinstolpern und dich dann wundern, wo du eigentlich gelandet bist. Das würdest du auch ohne die Tagebücher schaffen."

„Klar. Aber wo sie nun schon mal da sind, ist es doch eine Riesenchance, mehr zu erfahren. Aus dem Hochsicherheitsbereich sozusagen. Warum soll ich die nicht nutzen? Außerdem interessiert mich das brennend. Wo doch Jakob sozusagen mein zweiter Papa ist!"

Stella lacht: „Du hängst auch an ihm!"

„Nicht so doll wie du, Mama, aber ja, er ist mir ans Herz gewachsen und durch die Beschäftigung mit seinem Schulleben wird diese Bindung eher stärker. Komisch, nicht? Wo er doch seit über einem Jahr verschwunden ist!"

„Ja, ich kann mir das gut vorstellen. Ich kriege diese Lücke auch nicht gestopft, die er hinterlässt. Manchmal weiß man erst, wie sehr man jemanden braucht, wenn er weg ist."

„Ich habe das Gefühl, er kommt wieder. Allein deshalb, weil wir ihn so vermissen. Das muss er spüren!"

Nach dem Abendessen gibt es wieder eine Vorleserunde, in der Jakob zwar nicht anwesend, aber deutlich spürbar ist:

Lehrerausflug

Freitag nach der Schule geht es los. Der Lehrerrat hat für das feierfreudige Kollegium einen Ausflug organisiert: Wanderung, Stadtbesichtigung, gemütliches Abendessen an der Burg und, für die ganz Mutigen, Übernachtung. Putzhammer erscheint erst zum Abendessen, dem Amt und der Würde entsprechend. Wahrscheinlich hatte er vorher noch wichtige Termine. Im Gefolge die Russischlehrerin Tatjana, auf die er schon länger und für jeden, der nicht vom Grauen Star befallen ist, deutlich sichtbar ein Auge geworfen hat. Spätestens nach der Weihnachtsfeier ist klar, dass zwischen den beiden mehr ausgetauscht wird als Worte und Blicke. Als sie dann zu zweit zufällig an einer pädagogischen Fortbildung in einem Skigebiet teilnehmen, gibt es keine Zweifel mehr. Trotzdem tun die beiden so, als wäre da nichts, obwohl sie schon von Schülern zusammen im Schwimmbad und beim Kauf von Möbeln gesehen wurden.

Es ist schon ein tolles Theaterstück, das die beiden am Abend an der festlich gedeckten Tafel aufführen. Sie siezen sich unbeirrt und versuchen den Eindruck zu erwecken, als hätten sie sich rein zufällig für die Hinfahrt zusammengetan. Das ist so schlecht gespielt, dass es erst peinlich und dann nur noch komisch wirkt. Abgerundet wird dieses absurde Theater, als Putzhammer direkt nach dem letzten Gang Anstalten macht, aufzubrechen, während sie ihn fragt, ob er sie eventuell wieder mit zurücknehmen könnte, was er großzügig gewährt. Als die schwere Eichentür ins Schloss fällt, er seine schwere Maschine dröhnen lässt und sie zu ihm hinten auf den Bock klettert, löst sich die Spannung in der Burgschenke allmählich. Die Kollegen, die über Nacht bleiben, haben sich zum Teil schon so viel Bier genehmigt, dass sie nur noch albern lachen und anzügliche Bemerkungen machen können.

Am nächsten Tag kommen Putzhammer und seine Tatjana zur Besichtigung des Nationalparks noch einmal kurz vorbei, wie immer natürlich nur zufällig zusammen. Putzhammer wacht eifersüchtig darüber, dass sich kein Kollege seiner Herzensdame zu sehr nähert. Dabei hat er besonders im dunklen Video-Vorführraum seine liebe Not. Tatjana scheint abenteuerlustig zu sein und die Kollegen können gar nicht so schnell fliehen, wie Tatjana auf sie zusteuert. Die anschließende Wanderung durch den Naturpark scheint beide so zu erschöpfen, dass sie nach kurzer Zeit ohne weiteren Kommentar grußlos die Gruppe verlassen und den Heimweg ansteuern. So ist das Kollegium bei der letzten Etappe und beim Abschluss-Imbiss wieder unter sich.

Die schwarze Versuchung

Um die Wirkung nachvollziehen zu können, die Tatjanas Auftritte in der Männerwelt erzielen, muss man sie sich vorstellen. Eine nicht mehr ganz frische, wie Heine gesagt hätte, schon etwas verduftete, rassige Schönheit mit kohlrabenschwarz gefärbtem Haar, die mit ihren Reizen durchaus nicht geizt. Ihre Kunstlederröcke sind so kurz, dass man nicht weiß, wo man hingucken soll, wenn sie sich setzt. Dies wird ergänzt durch ihre Vorliebe für durchscheinende Blusen und schwere Parfums. Der katholische Religionspädagoge schlägt regelmäßig das Kreuzzeichen, wenn sie das Lehrerzimmer betritt. Männer müssen aufpassen, dass Tatjana sich ihnen nicht unbemerkt von hinten nähert und bei einer harmlosen Frage wie: „Hättest du vielleicht mal einen Edding für mich?" ganz zufällig die Schulter streift. Während die meisten männlichen Kollegen Tatjana nach Möglichkeit aus dem Weg gehen, um nicht in verfängliche Situationen zu geraten und Gefahr zu laufen, von Putzhammer erschlagen zu werden, erntet sie bei ihren Kolleginnen Spott, Missbilligung und zuweilen Neid.

Putzhammer dagegen ist ihren unwiderstehlichen Reizen sofort erlegen. Er beschließt, für seine neue Flamme, die bisher auf Honorarbasis Russischunterricht an verschiedenen Schulen gegeben hat, eine Stelle auszuschreiben. Offiziell müssen Stellen so ausgeschrieben werden, dass sie allen geeigneten Bewerbern offenstehen. Der Trick ist, die Anforderungen so speziell zu formulieren, dass nur die Wunschkandidatin sie erfüllt. Eine Lehrerin für Musik und Hauswirtschaft, die gleichzeitig eine Sprachbefähigung in osteuropäischen Sprachen vorweisen kann, gibt es so schnell kein zweites Mal. Das Vorstellungsgespräch gerät zur Farce, der Personalrat kann und das Schulamt will nicht einschreiten. Selbst die Konrektorin, von Putzhammer bei jeder sich bietenden Gelegenheit gedemütigt, stellt sich treu ergeben hinter ihren Chef. Sie hat ihre Lektion schon gelernt. Wer Widerworte gibt, bekommt nur Ärger. Und den kann sie nicht gebrauchen. Alles was der Chef selbst nicht erledigen möchte, landet sowieso schon auf ihrem Schreibtisch.

Nach erfolgreicher Festanstellung wird Tatjana sofort Klassenlehrerin. Die bisherigen sechsten Klassen werden aufgeteilt, so dass ganz besonders kleine siebte Klassen entstehen. Eine davon für die neue Kollegin. Die Klassenlehrer anderer Klassen, die seit Jahren mit weitaus größeren Klassenstärken auskommen müssen, reiben sich verwundert die Augen. Aber gut, sei es ihr und den Kollegen der Stufe gegönnt! Schließlich ist sie ja Anfängerin im harten Hauptschulgeschäft, wer das kennt, weiß, wovon die Rede ist. Bei Putzhammer erwacht auch sofort der Beschützerinstinkt. Er ist kaum mehr in seinem Büro, sondern begleitet die neue Kollegin wie ein Bodyguard in den Unterricht. Er hält sich bereit, um ungezogene Schüler zusammenzustauchen und seine Herzensdame vor Unbill zu schützen. Die Schüler funktionieren prima, denn wer will schon Ärger mit dem Boss riskieren?

Beim Elternsprechtag haben die beiden sich was Besonderes ausgedacht. Sie laden alle Eltern der Klasse zu einem netten Kaffeetrinken ein, bei dem man über dieses und jenes plaudert. Das ist eine wunderbare Idee, ersparen sie sich doch dadurch die anstrengende, achtstündige Einzelberatung, die alle anderen Klassenlehrer praktizieren müssen. Auf Nachfragen ist von einer besonderen Situation die Rede, damit sich Eltern und neue Klassenlehrerin ungezwungen kennenlernen können, natürlich sei dies kein Modell für die anderen Klassen. So ist das also. Auch die Regeln der Rechtschreibung gelten nicht in dieser Klasse. Tatjana ist noch nicht so vertraut mit diesen Regeln, unterrichtet aber nichtsdestotrotz ihre Klasse auch in Deutsch. Kollegen korrigieren ab und zu verschämt die schlimmsten Patzer, die an der Tafel stehen, wenn sie in diesem Klassenraum unterrichten müssen.

Oft sieht man Putzhammer nach dem Klingeln im Eilschritt die Treppe hochstürmen, weil ihn wieder ein lästiger Anruf oder dienstliche Geschäfte daran gehindert haben, pünktlich im Unterricht seiner Schutzbefohlenen zu sein.

Wann geht dieser Mann eigentlich seinen Schulleiteraufgaben nach? Oder hat er die inzwischen alle an seine Stellvertreterin delegiert? Wenn die Kollegen völlig ausgepowert nach der achten Stunde zum Lehrerzimmer schleichen, ist der Schulleitertrakt immer verwaist. Wenn ein Kollege um einen Gesprächstermin bittet, ist nie Zeit, denn wenn der Chef mal da ist, muss er garantiert telefonieren oder darf auf keinen Fall gestört werden, weil er gerade die Statistik macht.

Die blonden Engel

Einzige Ausnahme: Wenn einer der beiden blonden Engel kommt. Beide haben wichtige Aufgaben übernommen: Bücher, Lager, Akten, Hilfe aller Art bei Verwaltungsaufgaben. Ein Engelchen ist klein und rundlich, hat die besseren Jahre schon deutlich hinter sich, dafür aber einen schicken, kleinen Sportwagen und wasserstoffblondes Haar. Am schlimmsten ist die quäkende, durchdringende Mickymaus-Stimme, mit der Schüler und Kollegen täglich gequält werden. Sie fühlt sich ständig benachteiligt, verfolgt und gemobbt. Der kleine Engel ist mit Tatjana befreundet und erzählt montags lautstark von den Männer-Eroberungen, die sie am Wochenende gemacht hat. Es müssen stark sinnesgeschädigte Männer sein. Wenn im Lehrerzimmer Klartext gesprochen oder getuschelt wird, sieht man das blonde Engelchen wieselgleich zum Rektorzimmer huschen. Die Kollegen rätseln, wie sie da wohl immer reinkommt? Gibt es ein spezielles Klopfzeichen oder eine unsichtbare Katzenklappe? Und wie hält Putzhammer dieses Gequake aus? Zum Glück hat er Tinnitus, sonst könnte er einem fast leidtun.

Der andere Engel ist ganz das Gegenteil: Groß, kantig, mit ungelenken Schritten erinnern die Bewegungsabläufe eher an ein Pferd. Der große Engel weiß immer alles ganz genau und verkündet seine Weisheit ungefragt überall und jederzeit mit fanfarengleicher Stimme. Zwar ist er als Seiteneinsteiger aus der Wirtschaft erst kurz im Schuldienst, hat aber zu fast jedem Thema etwas zu sagen und fährt auch schon einmal älteren, gestandenen Kollegen über den Mund oder ermahnt sie, wenn sie vermeintlich einen Fehler gemacht haben. Dies trägt nicht zur Beliebtheit im Kollegium bei, auch bei den Schülern fällt der große Engel unangenehm auf. Er hat keine Idee, wie man mit der Unzufriedenheit und Wut von Schülern umgeht. Umso mehr und öfter hält sich der große Engel jetzt in Putzhammers Büro auf, hilft dort selbstlos und schnuppert schon einmal an den Insignien der Macht.

Madita legt das Buch weg, schaut ihre Eltern an und fragt dann: „Warum hat Jakob sich nicht weg versetzen lassen von dort? Schlimmer geht's ja wohl nicht!"

„Jakob war nicht der Typ, der so schnell aufgibt. Das war doch seine Schule inzwischen, er hat sich da reingekniet, es war ja schwierig genug gewesen. Und jetzt kam dieser blöde Putzhammer daher und wollte daraus ein Irrenhaus machen. Da kann man nicht so einfach wegrennen! Da muss man den Kampf aufnehmen, sich zusammenschließen."

David geht zum Kühlschrank, um sich noch ein Bier zu holen. Stella ergänzt: „Außerdem war ja Jakob noch gar nicht so lange an dieser Schule. Und man kann sich nicht dauernd versetzen lassen, da spielen die Behörden nicht mit. Es sei denn, man ist ein Lehrer, der eigentlich keinem Schüler mehr zugemutet werden kann. Dann bekommt man den sogenannten Wander-Pokal, das heißt, das Schulamt schickt einen immer wieder an eine andere Schule, bis der Widerstand der Eltern auch dort zu groß wird, dann geht es weiter zur nächsten."

„Und er hat ja am Ende auch gewonnen, wenn ich mich nicht irre. Er hat doch erreicht, dass Putzhammer gehen musste."

„Ja, das war, wenn man das Abschlussgespräch mit dem schwarzen Mann nicht mitzählt, das einzige Mal, dass er sich gegen seine Chefs durchgesetzt hat. Er war ganz euphorisch damals und kam mit einer Flasche Winzersekt herüber, um auf den Erfolg anzustoßen."

Fortgespült

Der nächste Tag ist verregnet, David nimmt morgens das Auto zum Brötchenholen, dann machen sie einen gemütlichen Lesetag, während draußen der Wind an den Dachziegeln und Fensterläden rüttelt und der Regen an die Fensterscheiben prasselt. Als sie nachmittags Kaffee trinken, überlegen sie, was es zum Abendessen geben soll. Madita schlägt vor: „Lasst uns doch heute zum Abschluss nochmal Pfannkuchen machen, Eier haben wir noch genug!"

„Käse und Schinken zum Belegen auch?"

„Jede Menge, besonders Käse. Das ist gut, wenn der wegkommt. Ich würde mich auch bereit erklären, die Pfannkuchen zu backen!"

„Au prima, aber wer liest uns dann aus Jakobs Aufzeichnungen vor?"

„Jetzt schon? Ich dachte, nach dem Abendessen?"

„Lass uns doch heute Abend noch mal spielen. Wir haben so viele Spiele mitgebracht, die wir noch gar nicht ausgepackt haben."

„Au ja, Besserwisser zum Beispiel, oder Scotland Yard."

„Oder Tabu, da habe ich auch mal eine Chance."

„Von mir aus, wenn ich nicht Pantomime spielen muss."

„Aber wann lesen wir dann die Putzhammer-Saga zu Ende?

„Jetzt! Danach helfe ich dir mit den Pfannkuchen."

Ein Klavier, ein Klavier

Der erste Schultag nach den Sommerferien. Die Schüler sind noch nicht da, nur diejenigen, die Nachprüfungen haben. Die Lehrer sind geladen zur ersten Dienstbesprechung und zur Aushändigung der neuen Stundenpläne, die unter Ausschluss der Öffentlichkeit erstellt worden sind. Der Schulleitertrakt gleicht einem Bienenstock, emsige Bienchen fliegen aus und ein, mitten darin Putzhammer als Chefhummel, aufgeregt zwischen Schreibtisch und Sekretariat hin und herlaufend. Ja, was treibt ihm denn den Schweiß auf die Stirn? „Wo ist der Klavierstimmer?" tönt seine voluminöse Stimme durch die Flure. Will er den Kollegen, die in den Sommerferien Geburtstag hatten, ein Ständchen bringen? Nein, weit gefehlt, Tatjana hat einen eigenen Musikraum von ihm als milde Morgengabe zum neuen Schuljahr bekommen, das Klavier mittendrin, eigens aus der Aula herübergerollt! Nun ist es nicht so, als ob die Schule keinen Musikraum hätte, aber den teile ich mir mit der Kollegin der Nachbarschule. Und Tatjana soll natürlich etwas Eigenes haben.

Und nun steht dieses Klavier aus der Aula im neuen Raum und ist nicht nur ziemlich verstaubt, sondern auch noch verstimmt! Und der eilends bestellte Klavierstimmer lässt auf sich warten, eine Katastrophe! Endlich, nach bangen Minuten, kommt der gute Mann. Man zeigt ihm das Instrument, doch was ist das? Er kann das Klavier nicht öffnen, denn es ist abgeschlossen. Herrgottsakrament, wer hat den Schlüssel? Es ist vermutlich der einzige Schlüssel im ganzen Haus, der noch nicht am Schlüsselbund des Oberschließers hängt. Ausgerechnet! Also wird das Klavier kurzerhand abtransportiert und in die Klavierwerkstatt gebracht. Dies alles passiert, während die Konrektorin einspringt, die Dienstbesprechung in Vertretung für den unabkömmlichen Chef abhält und die Fragen zu den Stundenplänen zu beantworten sucht. Was nicht einfach ist, denn manche Stundenpläne haben mehr Springstunden als ein Schweizer Käse Löcher.

Hätte Putzhammer mich gefragt, hätte ich ihm sagen können, wer den Schlüssel für das Klavier hat, nämlich die Kollegin von der Nachbarschule. Und warum? Ganz einfach, weil dieses Klavier der Nachbarschule gehört. Aber er fragt nicht, es ist unter seiner Würde, sich mit niederen Chargen zu unterhalten. So erfahre ich auch erst später und durch Zufall, was dann passiert. In seinem Wahn, für Tatjana ein perfektes Klavier bereitzustellen, geht er noch ein paar Schritte weiter. Als er erfährt, dass das Schulklavier reparaturbedürftig ist, fackelt er nicht lange. Er gibt das alte Klavier in Zahlung und kauft ein neues Klavier. Das alles, ohne das Lehrerkollegium oder die Schulkonferenz zu fragen, die für solche größeren Anschaffungen ihre Zustimmung geben muss. Nein, alles geheim, auch die Konrektorin weiß von nichts. Was soll man lange rumfragen, die Kollegen würden sowieso nur meckern, denn die haben das ganze Schuljahr von ihm immer nur *gehört: Die Schule hat kein Geld! Egal, was benötigt wird: Zuschüsse zur Klassenfahrt, neue Bücher, Geräte, Lehrmittel? Von dem Tag an, an dem Putzhammer kam, gab es nichts mehr. Auch Etats, die vorher ausgehandelt wurden für einzelne Fachschaften - aus und vorbei!*

Und jetzt werden eben mal ein paar Tausender an allen Gremien vorbei aus der Schulkasse hingeblättert. Da macht es doch mal Sinn, dass Putzhammer allein Zugriff auf das Schulkonto hat. Dazu kommt, dass er gerade ein Klavier verkauft hat, dass noch nicht mal seiner Schule gehört, sondern der Nachbarschule. Hoppla! Keine Ahnung, ob er das weiß, oder ob es ihm einfach egal ist, Hauptsache, Tatjana hat ein schönes Klavier in ihrem privaten Musikraum. Nein, so dumm kann er auch wieder nicht sein, dass er das wusste und es trotzdem tat. Er kann sich doch an seinen zehn Fingern ausrechnen, wie lange es wohl dauert, bis so etwas auffliegt.

Als die Kollegin mich fragt, wo denn das Klavier aus der Aula geblieben ist, verweise ich sie weiter an unseren Chef. Von dem bekommt sie keine Auskunft, sodass sie schließlich ihren Schulleiter einschaltet. Dieser hat noch einige Rechnungen mit Putzhammer offen, der ihm von Anfang an nicht auf Augenhöhe, sondern immer nur von oben herab entgegengetreten ist. Er stürzt sich mit Feuereifer ins Getümmel und bohrt nach. Als Putzhammer angeblich immer noch nichts von dem Klavier weiß, gibt er die Sache ans Schulamt weiter. Das Schulamt befragt mich, ich erzähle, was ich gehört habe. Plötzlich taucht in einer Nacht- und Nebelaktion das Klavier wieder auf und steht auf einmal abgeschlossen an seinem alten Platz in der Aula. Immer noch weiß Putzhammer angeblich von gar nichts, weist aber darauf hin, dass das Klavier doch da wäre und kann sich die ganze Aufregung gar nicht erklären. Ein Schüler meiner Klasse, der dicht an der Schule wohnt, erzählt mir, er hätte abends ein Auto mit so einem komischen Anhänger gesehen und da wäre etwas ausgeladen worden.

Da macht es plötzlich „Klick" in meinem Kopf, ich erinnere mich an meinen Musikkommilitonen, der schon während des Studiums alte Klaviere restaurierte und aufkaufte. Ich schaue im Kölner Telefonbuch nach, ob er noch seine kleine Werkstatt hat. Bingo! Ich rufe ihn an, schildere ihm den Fall und er weiß sofort Bescheid. Ja Putzhammer hat erst das alte Klavier in Zahlung gegeben und dann wollte er es auf einmal wiederhaben. Da der Klavierbauer aber inzwischen schon Zeit und Material investiert hat, um das Instrument wieder in Schuss zu bringen, will er es nicht so einfach hergeben. Putzhammer wird ziemlich lautstark, gleichzeitig hat der Klavierbauer immer das Gefühl, dass irgendetwas nicht koscher ist an diesem ganzen Hin und Her. Er stellt sich stur und lässt ihn einfach auflaufen. Am Schluss muss ihm Putzhammer noch einmal etliche große Scheine in die Hand drücken, damit er ihm das halb reparierte Klavier wieder zurück transportiert.

Für diese ganze Geschichte interessiert sich der Schulrat brennend, es vervollständigt sein Bild von einem Schulleiter, der sich nicht erst seit diesem Eklat als komplette Fehlbesetzung erwiesen hat. Monatelang vorher schon hat es immer wieder Beschwerden von einzelnen Kollegen gegeben, dazu kamen dann massive Klagen der Nachbarschule. Diese Story bringt das Fass zum Überlaufen. Bei der Überprüfung des Schulkontos werden große Fehlbeträge und viele, nicht normal verbuchte Rechnungsvorgänge festgestellt. Jetzt geht es ganz schnell. Von einem Tag auf den anderen verschwindet Putzhammer von der Bühne. Auch Tatjana wird versetzt. Im Lehrerzimmer der Hauptschule knallen die Sektkorken. Es gibt doch noch so etwas wie Gerechtigkeit auf der Welt!

„Das klingt tatsächlich wie aus einem schlechten Film!"

„Aber mit Happy End!"

„Was ist denn aus Putzhammer geworden? Ist er aus dem Schuldienst geflogen?"

„Nein, wo denkst du hin! Wegen solcher Kleinigkeiten fliegt man doch nicht raus. Man wird versetzt, das ist doch schon schlimm genug. Natürlich bei vollen Bezügen. Wer als Beamter erst mal auf einer bestimmten Gehaltsstufe steht, der kann nicht mehr zurück."

„Also ist er immer noch Schulleiter?"

„Inzwischen wieder, ja. Eine Zeitlang war er an einer Schule als Normallehrer zwischengeparkt. Und dann gab es wieder Probleme in der Provinz, weil man für irgendeine Schule keinen Leiter finden konnte. Und schwupps! konnte er sich dort rehabilitieren."

„Unglaublich! Der müsste doch eigentlich vor Gericht landen!"

„Nein nein, dazu müsste ihn ja jemand anzeigen. Wie soll das gehen, auf dem Dienstweg? Nee, im öffentlichen Dienst kann man sehr diskret sein, es soll ja auch nicht an die Öffentlichkeit kommen, was würde das für einen Eindruck machen?"

„Oh Gott, will ich da wirklich rein in diese Mühle?"

„Du bist ja schon so gut wie drin, und ich kann dir versichern, es kann auch sehr kuschelig sein. Man ist gut abgesichert nach allen Seiten, eine große Gemeinschaft, die alles versteht und vieles verzeiht."

Bei der Vor- und Zubereitung der Pfannkuchen fragt Madita weiter: „Wer ist denn dann gekommen nach Putzhammers überstürztem Abgang?"

Stella schaltet sich aus dem Hintergrund ein: „Erstmal keiner. Da musste die Konrektorin alles alleine machen, da spart man wieder viel Geld."

David ergänzt, während er Champignons putzt: „Aber nach ein oder zwei Jahren ist dann einer gekommen, mit dem Jakob ganz gut zurechtkam. Ein Schulleiter, so wie er sein sollte, fürsorglich, mit Herz für Schüler und Kollegen. Jakob erzählte mir immer, dass der ihn besonders in der Musik unterstützte. Der bedankte sich sogar bei ihm, wenn die Schulband zur Entlassfeier oder zum Tag der Offenen Tür spielte. So etwas hatte Jakob bis dahin noch nie erlebt, von Kollegen nicht und von seinen Schulleitern schon gar nicht."

„Dann war doch jetzt alles in Butter?"

„Es war auf einmal vieles einfacher. Jakob fühlte sich in seiner Arbeit anerkannt und geschätzt. Natürlich war auch bei dem Neuen nicht alles Gold, er nervte sein Kollegium mit seiner Pingeligkeit und einem stark ausgeprägten Kontrollzwang. Und er brachte die arme Sekretärin manchmal an den Rand der Verzweiflung, weil er alles selbst lesen und kontrollieren musste und hin und wieder Akten umformatierte oder anders abheftete als bisher. Auf jeden Fall war er Tag und Nacht in der Schule und kümmerte sich um alles. Aber er feierte auch gerne und war dabei äußerst großzügig, sodass man ihm immer wieder seine anstrengenden Seiten verzieh."

„Das klingt ja fast wie das Paradies für Jakob!"

„Ja, drei schöne Jahre. Dann wurde der nette Schulleiter pensioniert!"

„Und dann?"

„Dann musste die Konrektorin wieder ran. Und da die Hauptschule auslief, kam dann auch niemand mehr als neuer Leiter. Sehr praktisch. Jakob bewarb sich an anderen Schulen, um nicht nachher als letzter übrigzubleiben. Die Kollegen sagten immer: *Der Letzte macht das Licht aus!* Und überraschend bekam er direkt eine neue Stelle angeboten."

Yeşim

Seit einigen Wochen schon ist Madita wieder zu Hause in Jakobs Wohnung, sie hat seine Tagebücher schon lange ausgelesen und festgestellt, dass er in den letzten Jahren nichts mehr notiert hat. Mit der Versetzung an die neue Schule brechen die Einträge ab. Sie hat in seinen Regalen und Schränken gesucht, sogar unter der Matratze, ob es irgendwo eine Fortsetzung gibt. Vergeblich. Aus irgendeinem Grund hat er plötzlich aufgehört zu schreiben. David erzählt ihr, dass er am Anfang mit sehr viel Enthusiasmus in der neuen Schule gestartet ist und kaum noch Zeit hatte. Dauernd gab es Vorbereitungstreffen, es mussten neue Materialien und Lehrpläne erstellt werden. Dann bekam er auch noch eine Referendarin und von da an war er rund um die Uhr im Einsatz. Klar, da hatte er keine Zeit mehr zum Schreiben.

Eines Abends klingelt es an der Tür. Madita öffnet, eine junge, hübsche Frau mit kurzen schwarzen Haaren, sanften, braunen Augen und lustigen Grübchen steht dort und fragt nach Jakob. Ihr Name sei Yeşim, Jakob wäre vor vier Jahren ihr Mentor gewesen. Sie schaut Madita intensiv an und fragt: „Sind Sie seine Tochter?" Madita verneint, bittet sie herein, holt eine zweite Teetasse und ein Schälchen mit Studentenfutter aus der Küche und setzt sich dann mit ihr ins Wohnzimmer. Sie versucht, ihr zu erklären, warum sie jetzt hier wohnt. Als sie erzählt, dass Jakob seit zwei Jahren verschwunden ist, weicht die Farbe aus Yeşims Gesicht und ihre Augen weiten sich. Einen Moment lang befürchtet Madita, sie würde gleich zusammenklappen, aber dann fängt sie sich wieder, atmet tief durch und fragt: „Darf ich dich duzen? Ich bin ja bloß ein paar Jahre älter als du."

„Gerne. Ich heiße Madita."

„Wie schön, wie in den Geschichten von Astrid Lindgren. Madita, ich weiß nicht, ob du überhaupt Zeit hast, oder ob ich dich gerade aufhalte?"

„Nein, ich habe Zeit, den ganzen Abend, und ich würde gerne alles erfahren über Jakob, was ich bisher noch nicht weiß. Ich habe seine Tagebücher gelesen, aber sie brechen irgendwann ab."

„Er hat mir einen langen Brief geschrieben, ein paar Monate, nachdem ich nach Südtirol zu meinem Freund gezogen bin. Leider habe ich ihn erst viel später bekommen. Mein Freund muss den Brief versteckt haben, er war wahnsinnig eifersüchtig. Inzwischen haben wir uns längst getrennt, er ist ausgezogen. Beim Aus- und Aufräumen habe ich Jakobs Brief entdeckt, den mein Exfreund unter der Treppe hinter die Fußleiste geklemmt hatte. Er hatte wahrscheinlich Angst, dass Jakob sein Nebenbuhler aus Deutschland wäre oder so."

„Hattet ihr denn was miteinander, Jakob und du?"

Yeşim lacht laut auf. „Nein, das war ja der Witz! Ich war 25 Jahre jünger als er und hatte einen eifersüchtigen Freund in Italien. Da ging gar nichts!"

„Aber ihr fandet euch sympathisch, nehme ich an?"

„Sehr. Es war sozusagen Liebe auf den ersten Blick. Bloß ohne Liebe eben."

Yeşim lacht wieder, nicht bitter, aber ein wenig traurig. Madita schaut sie an und kann sich gut vorstellen, dass auch Jakob von ihr angetan war. Sie wirkt sehr natürlich, offen, sie kann ihre Gefühle schlecht verbergen. Madita kann ihre Zuneigung förmlich spüren. So muss es Jakob auch gegangen sein. Er war wahrscheinlich hin und weg von dieser Yeşim.

„Ich habe Jakob sehr gern gehabt und war gerne mit ihm zusammen. Im Klassenzimmer, meine ich, und im Lehrerzimmer. Ich habe gespürt, dass er mich sehr mochte. Aber er hat sich nie etwas anmerken lassen. Und ich durfte mir natürlich auch nichts anmerken lassen. Ich bin ein türkisches Mädchen. Da geht man nicht her und sagt: *Ich mag dich!* Da wartet man, oder besser frau, brav darauf, dass der Mann was sagt oder macht. Aber da konnte ich lange warten!"

„Jakob dachte bestimmt: *Ich bin viel zu alt für dieses junge Mädchen! Und außerdem hat sie noch einen Freund …*"

Yeşim gluckste vor Freude: „Genau, und der kommt dann und sticht ihn mit dem langen Messer ab oder so!"

„Na ja, nicht so drastisch vielleicht, aber du hast selbst gesagt, er war eifersüchtig!"

„Und wie! Aber er war weit weg!"

„Wusste Jakob das?"

„Aber ja, ich habe es mehrmals ganz beiläufig erwähnt."

„Und er hat bestimmt mehrmals beiläufig verstanden: *Finger weg, ich bin vergeben!*"

„Oh je, wahrscheinlich! Die deutschen Männer sind aber auch kompliziert!"

„Das kann man wohl sagen! Besonders dieser! Der hatte nämlich noch eine Dauerfreundin in petto, meine Mutter!"

„Nee, das ist jetzt nicht wahr, oder?"

„Doch, mein Vater und er haben viele Jahre lang eine tolle Dreierbeziehung mit meiner Mutter gehabt!"

„Wahnsinn! Aber dann müsste er doch ganz locker drauf gewesen sein, was Beziehungen angeht!"

„Nee, eben nicht. Er war so auf meine Mutter fixiert, dass er keine andere Frau anguckte!"

Yeşim lacht wieder laut heraus, guckt Madita schelmisch an und meint dann: „Also, angeguckt hat er mich schon. Das konnte ich sogar spüren, wenn er hinter mir stand!"

„Gut, aber es gab trotzdem anscheinend nur die eine für ihn. Ich glaube, er hat es mehrmals versucht, ob er auch was mit anderen haben kann. Aber es hat nie funktioniert!"

„Hätte er es doch mal versucht. Ich hätte meinen Freund in Italien in den Wind geschossen, glaube ich."

„Dann musst du ja ziemlich verliebt gewesen sein!"

„Er war witzig, charmant, klug. Man konnte sich mit ihm gescheit unterhalten. Alles Eigenschaften, die mein Freund nicht so hatte. Der war sportlich, gut gebaut, ein Held im Bett. Aber versuch ja nicht, dich mit ihm halbwegs intelligent zu unterhalten. Das kann man nämlich komplett knicken."

Jetzt lacht Madita. Diese Yeşim gefällt ihr gut, es ist schön, mit ihr hier zu sitzen und über Jakob und die Welt zu plaudern. Sie fragt: "Soll ich uns einen Weißwein holen? Oder darfst du nicht trinken?"

„Du meinst, wegen Religion und so? Ich bin Jesidin, ich darf trinken und muss auch nicht verschleiert durch die Landschaft laufen. Oder meinst du, ob ich mit dem Auto hier bin? Nee, ich habe keins, ich bin mit der Bahn gekommen!"

„Aus Südtirol?"

„Ja! Ich bin in einem Hostel einquartiert."

„Und was hättest du gemacht, wenn du hier keinen angetroffen hättest?"

„Dann hätte ich rumgeheult, mich wieder in den Zug gesetzt und wäre zurückgefahren. Aber jetzt habe ich zwar nicht Jakob getroffen, aber dich kennengelernt. Prost, Madita, freut mich sehr!"

„Mich auch! Jakob war blind, dass er dich nicht sofort vom Fleck weg geheiratet hat!"

„Oha! Das hast du aber schön gesagt!"

Sie schaut Madita wieder intensiv ins Gesicht, trinkt noch ein Schlückchen und sagt: „Auch wenn du nicht Jakobs Tochter bist, fühl ich mich in deiner Gegenwart so beschwingt und verstanden wie bei Jakob!"

Zwei Stunden später haben sie die Flasche Wein geleert, Oliven, Schafskäse und Salat gegessen, erzählt, gelacht und mit zunehmendem Weingenuss auch gekichert. Madita hat sich schon lange nicht mehr so gut amüsiert. Alles fühlt sich so vertraut an, als ob sie schon seit Jahren die besten Freundinnen wären. Yeşim fragt: „Hast du einen Freund?"

Madita zögert mit ihrer Antwort einen Moment zu lang, in diesem Augenblick beugt sich Yeşim vor und stellt fest: „Die Männer sind so dumm. Sie müssten vor deiner Tür Schlange stehen, du bist so ein hübsches und gescheites Mädchen!"

Madita weiß nicht recht, wie ihr geschieht. Sie ist rot angelaufen. Yesim entschuldigt sich für ihre Indiskretion: „Das liegt ganz bestimmt am Wein. Ich bin nicht so viel gewohnt, dann werde ich peinlich."

Madita lehnt sich wieder bequem zurück, schließt die Augen und flüstert: „Ich bin auch ein bisschen angeschickert, aber es ist alles gut so!"

Morgens schleicht sich Madita leise aus der Wohnung, um zur Uni zu fahren. Sie deckt einen Frühstücksteller für Yeşim, stellt Brot, Marmelade und Kaffee auf den Tisch und legt ein Zettelchen dazu. Als sie am frühen Abend wiederkommt, hat Yeşim eingekauft und bereitet gerade das Abendessen vor, türkischen Eintopf mit Lammfleisch, Joghurt, Kichererbsen und Linsen.

„Ich habe gehofft, du magst mich heute noch sehen und ich darf für uns was kochen. Dass du keine Vegetarierin bist, habe ich an deinem Kühlschrank gesehen, also habe ich ein bisschen Lamm geholt."

„Es riecht total lecker und sieht gut aus. Und ich freue mich tierisch aufs Essen und darüber, dich noch hier zu sehen. Ich hatte schon befürchtet, du bist wieder auf dem Weg in die Berge!"

„Über alle Berge, meinst du? Es war so schön gestern Abend, dass ich auf eine Fortsetzung spekuliert habe. Ich hoffe, ich bringe nicht dein ganzes Leben hier durcheinander."

„Doch, aber das ist mir gerade recht so!"

Madita massiert Yeşim, die mit beiden Händen mit der Essenszubereitung beschäftigt ist, sanft den Nacken und ergänzt: „Ich habe gehofft, dass du noch hier bist und mich weiter völlig aus meinem Alltagsrhythmus bringst!"

„Du bist das erstaunlichste und netteste Mädchen, das ich je kennengelernt habe. Wenn ich auch nur geahnt hätte, dass es hier so etwas wie dich gibt, wäre ich nie aus Köln weggegangen."

Madita kichert, holt eine neue Flasche Wein und füllt zwei zierliche Gläser. Yeşim, die gerade den Holzlöffel quer im Mund hat, weil sie mit der einen Hand die Schüssel hält und mit der anderen mit dem Schneebesen darin rührt, murmelt: „Warte, gleich!"

Madita kitzelt sie ein wenig und meint: „Ich versteh dich so schlecht, kannst du nicht deutlich sprechen?"

„Warte, bis ich die Hände frei habe, dann werde ich noch sehr deutlich werden, *habiti*!"

„Da bin ich aber mal gespannt. Was heißt *habiti*?"

„Schatz oder Liebling, das ist arabisch."

„Ich dachte, das heißt *habibi*?"

„Ja, aber nur, wenn es ein Kerl ist!"

Nach dem Abendessen sitzen sie zusammen auf dem Balkon und lauschen den beruhigenden Geräuschen des Rheins. Ab und zu tuckert noch ein Lastkahn auf dem Weg nach Holland vorbei, sucht sich seinen Ankerplatz für die Nacht. Manchmal ist es so still, dass man das Wasser rauschen hören kann, die kleinen Wellen, die gegen das befestigte Ufer schwappen. Es ist schön, in die Nacht zu horchen und Madita genießt es, einfach nur dazusitzen, neben einer neuen Freundin, die ihr schon jetzt so nahe ist, wie nur wenige bisher. Nebeneinander zu sitzen und zu schweigen ist etwas, das Madita nur mit wenigen Menschen genießen kann, ohne beunruhigt zu sein oder zu überlegen, was man sagen könnte. David gehört dazu, Jakob ebenfalls. Es ist eine Auszeichnung, eine Sache des Vertrauens. Man kann so sein, wie man ist und muss sich nicht erklären.

Jeder hängt seinen Gedanken nach, bis Yeşim fragt: „Denkst du oft an Jakob?"

„Fast jeden Tag. Ich wohne in seiner Wohnung, seine Bilder sind noch an den Wänden, ich esse an seinem Tisch, arbeite an seinem Schreibtisch, schlafe in seinem Bett. Ich werde dauernd an ihn erinnert."

„Und ihr habt nie etwas von ihm gehört?"

„Nein. Den Brief habe ich dir ja gezeigt. Merkwürdigerweise frage ich mich selten, wie es ihm jetzt geht und wo er wohl ist. Ich habe das Gefühl, dass er noch da ist, das reicht. Dass er weiß, dass ich hier die Wohnung für ihn freihalte und dass alles in Ordnung ist. Was mich aber immer beschäftigt, ist die Frage: Warum hat er alles hingeworfen und ist weggegangen?"

„Ich glaube, dass du recht hast mit deinem Gefühl. Jakob ist irgendwo, es gibt ihn noch und er wird wiederkommen. Und er wird dann bestimmt das ein oder andere Rätsel lüften."

„Hast du seinen Brief eigentlich mit?"

„Nein, leider nicht, das tut mir leid. Ich dachte ja, ich treffe ihn hier und er kann mir erzählen, wie es ihm ergangen ist."

„Aber du weißt ja auch so, was drinstand."

„Ziemlich gut, ja. Ich habe ihn oft gelesen und mich gefragt, was da los war bei Jakob. Es hat mich traurig gemacht, dass ein so engagierter, kreativer und einfühlsamer Lehrer sich zurückzieht und resigniert."

„Hat er das geschrieben?"

„Nicht direkt, aber man konnte es zwischen den Zeilen lesen."

Rückzug

Am nächsten Tag muss Madita erst mittags zur Uni. Yeşim erzählt beim Frühstück, dass sie zurück nach Köln ziehen möchte. Sie will in Südtirol alles aufgeben und sich für eine Stelle in Köln bewerben. Madita bietet ihr spontan an, bei ihr zu wohnen. Vielleicht nicht für immer, aber sie selbst weiß ja auch noch nicht, ob Jakob nicht irgendwann zurückkehrt und seine Wohnung wieder für sich braucht. Yeşim strahlt, Madita freut sich, dass sie sich vorstellen kann, gemeinsam mit ihr zu wohnen. Sie ist von sich selbst überrascht, wie sie solche Dinge aus dem Bauch heraus anbietet, sie hat das Gefühl, ihr Leben geht gerade in eine neue, aufregende Richtung. Sie fühlt sich wie ein Radfahrer, der sich ohne zu zögern in eine Kurve legt, die vorher noch gar nicht in Sicht war.

Yeşim lacht, als sie diesen Vergleich hört: „Ja, so ähnlich fühl ich mich auch. Ab und zu muss man die Richtung ändern. Ich möchte hier neu anfangen. Gerne mit dir zusammen. Und wenn du einen Kerl mit aufs Zimmer bringst, verzieh ich mich diskret!"

„Umgekehrt natürlich auch!"

„Bist du verrückt, das ist d e i n e Wohnung!"

„Nee du, das ist Jakobs Wohnung!"

„Okay, aber du bist hier die Hausherrin und sollst natürlich jederzeit auch mal alleine sein können, wenn du keine Lust auf meine Gesellschaft hast."

„Dann sage ich Bescheid! Aber das gilt für dich dann auch, wenn du mal einen Mann mitbringst."

„Ach, weißt du, Männer!"

Yeşim verdreht die Augen und versucht einen theatralischen Seufzer, bevor beide in Gelächter ausbrechen.

Später am Tag sprechen sie wieder über Jakob. Madita fragt: „Hast du in der Zeit, in der du mit Jakob zusammen an einer Schule warst, irgendetwas gemerkt von seinem Rückzug?"

„Nein, zumindest am Anfang nicht. Jakob hat jede Menge Zeit und Energie investiert, war im Lehrerrat, in der Schulkonferenz, hat viele Ideen eingebracht, Verbesserungsvorschläge. Ich habe gestaunt über seine Power. Er hat sich allerdings immer öfter geärgert, wenn er mit seinen Ideen überhaupt nicht durchdrang, wenn sie einfach beiseite gewischt wurden, ohne dass man darüber nachgedacht oder darauf angemessen reagiert hätte. Er ist, kurz bevor ich ging, aus dem Lehrerrat ausgestiegen, weil er den Eindruck hatte, dass sich in der Schulleitung nichts bewegen ließ. Das war vielleicht der Anfang der Resignation. Es lief wirklich vieles nicht rund an der Schule und er hat nicht darüber hinweggeguckt wie viele seiner Kollegen. Er hat das benannt, was nicht gut lief und sich damit in der Schulleitung keine Freunde gemacht. Die taten immer so, als ob sie offen für alles wären, aber sie wollten eigentlich ganz in Ruhe ihr Ding durchziehen, ohne dass ihnen andauernd jemand dazwischenfunkte. Und sie wollten nicht sehen, wo die Probleme waren."

„Wo waren denn die Probleme?"

„Ach, wo soll ich da anfangen? Vieles war absolut chaotisch und nicht gut geregelt an dieser Schule. Der Schulleiter war ein netter Kerl, aber ohne Autorität, ohne Plan, ich glaube er war überfordert mit seiner Aufgabe und kaschierte das mit flotten Sprüchen. Er war so begeistert davon, es endlich geschafft zu haben, Schulleiter zu werden, dass er nicht genug darüber nachdachte, ob er diesem Job eigentlich gewachsen war. Seine Stellvertreter versuchten, ihre pädagogischen Steckenpferde umzusetzen, während er den Zirkusdirektor gab und gar nicht richtig mitbekam, was in seiner Chaostruppe da eigentlich gespielt wurde. Oder er wollte es nicht so genau mitkriegen, ich weiß es nicht. Die Nachbarschule sagte über unsere Schule, das wäre die mit der antiautoritären Schulleitung. Da war was dran."

„Das war für Jakob dann der Ausgleich für die vielen Korinthenkacker und Paragraphenreiter, die er vorher als Schulleiter gehabt hat. Endlich mal Basisdemokratie!"

„Nee, mit Basisdemokratie hatte das alles recht wenig zu tun. Es gab persönliche Verbindungen, Arbeitskreise, Gespräche mit diesen, aber nicht mit jenen im Schulleiterzimmer oder in Winkeln und Ecken. Demokratische Diskussionen und offene Abstimmungen gab es ganz selten. Das meiste wurde von kleinen Grüppchen vorbereitet und war dann plötzlich da."

„Wie kamen die Schüler damit klar?"

„Chaos ist immer schlecht und fördert schlechtes Benehmen. Ich habe keine Schule erlebt, wo man von Schülern so respektlos angeredet wurde wie dort. Das haben meine Mitreferendare auch bestätigt. Wenn man im Unterricht unverschämt behandelt oder beleidigt wurde, gab es gar keinen Masterplan. Eine Kollegin vom Jakob lief mal weinend aus ihrer Klasse, weil sie von Schülern übel beschimpft worden war. Du musst nicht glauben, dass das irgendwelche Konsequenzen für die Schüler hatte. Ich war mal bei einer Klassenkonferenz dabei, wo es um einen Schüler ging, der völlig respektlos zu Lehrern und Mitschülern war, im Unterricht grundsätzlich in der Klasse herumlief, sich nichts sagen ließ und Mitschülerinnen andauernd betatschte. Was hatte das für Folgen? Er wurde erstmal ausführlich dafür gelobt, dass er ja schon solche Fortschritte gemacht hätte. Dann wurde sein Verhalten so dargestellt, als ob das Ausnahmen bei bestimmten Lehrern wären und nicht die Regel. Und dann wurde er ermahnt, das doch in Zukunft sein zu lassen, sonst … Ja, was sonst? Sonst wären alle sehr, sehr traurig."

„Im Ernst?"

„Im Grunde ja. Er bekam eigentlich in dieser Klassenkonferenz bestätigt, dass er Sonderrechte hat in seiner Klasse und immer auf ganz viel Verständnis hoffen kann, weil er ja so ein armer Kerl ist."

„Und dann?"

„Dann hat er genauso weitergemacht wie bisher und die Lehrer haben weggeguckt, weil sie wussten, da passiert sowieso nichts."

„Oh je, das hört sich nicht gut an. Wenn die Schüler keine Strukturen haben, brauchen sie welche von außen, damit sie lernen, wo's langgeht. Das ist doch pädagogisches Allgemeinwissen, dachte ich immer. Das weiß doch eigentlich jeder Lehrer, oder?"

„Na, die meisten Lehrer wissen das schon, aber die Schulleitung anscheinend nicht. Die war so beseelt von ihrer Inklusionsidee, dass sie dafür bei Regelverstößen beide Augen zudrückte oder sich auf die Kraft der Worte verließ."

„Du du machen?"

Yeşim lacht: „Genau, *du du, das machst du aber bitteschön nicht noch mal, wenn's recht ist!*"

Madita kichert und stößt mit ihrer Freundin an: „Wenn jemand so etwas im Pädagogikseminar erzählen würde, würde er ausgelacht. Man würde ihm nicht glauben."

„Manchmal hatte ich den Eindruck, die glaubten, sie seien so eine Art Pferdeflüsterer, nur eben für Kinder. Man kann wilde Pferde mit dem Lasso einfangen und dann zähmen, das ist die traditionelle Methode. Und man kann sie anlocken und ihnen was einflüstern, ihr Vertrauen gewinnen. Das ist die sanfte Variante, die wertvolle und nachhaltige."

„Die funktioniert aber nicht bei den wilden Pferden, vor allem nicht bei Herden von dreißig Pferden. Da muss erstmal geklärt werden, wer der Boss ist, vorher passiert gar nichts. Jedenfalls nichts Gutes."

„Du hast ja recht. Aber an dieser Schule verbündete sich so ein unbestimmtes Alt-Achtundsechziger-Gefühl des antiautoritären Erziehungsstils der Elterngeneration mit diesem Inklusionsgedanken, nach dem jedes Kind überall unterrichtet werden kann, zu einem unseligen Pädagogikgemisch. Das war für die einen Kinder schädlich, für die Wildpferde sozusagen, und die anderen brachte es nicht wirklich weiter."

„Bist du denn etwa gegen Inklusion?"

„Nein, natürlich nicht. Obwohl ich weiß, dass Jakob dieses Wort hasste. Aber nicht, weil er die Idee schlecht fand. Er sagte immer, das heißt *Integration,* und hätte schon längst vorher passieren können. Um zu verschleiern, dass man Integration Jahrzehnte lang verpennt hat, gab man dem Kind jetzt einen neuen Namen, so als ob das was ganz aufregend Neues wäre. Und dann sagt man einfach: *Nun macht mal schön!* - ohne die Voraussetzungen dafür zu schaffen, dass es gelingen kann. Und die Voraussetzungen waren lange bekannt: Kleinere Klassen, bessere Betreuung, bessere Ausbildung und Supervision der Lehrer."

„Aber das hätte ja Geld gekostet!"

„Genau, das hätte sehr viel Geld gekostet. Deshalb soll die Inklusion jetzt einfach mal mit Klassen von drei-ßig Kindern passieren, allein aus der Kraft des Willens sozusagen, am besten noch ein paar Flüchtlingskinder obendrauf. Und damit es auch kein Zurück mehr gibt, fängt man schon mal damit an, die ersten Förderschulen zu schließen und den anderen das Leben schwer zu machen. Und man verkündet landauf, landab: *Wir schaffen die Inklusion! Der Elternwille zählt! Kein Kind wird zurückgelassen!* Dass sich manch geistig behindertes Kind an einem Gymnasium auf Dauer nicht so richtig glück-lich fühlt, kann man gar nicht begreifen. Das hat man auch gar nicht vorhersehen können ..."

„Natürlich hätte man das!"

„Ja sicher, das war jetzt ironisch gemeint."

„Ich wusste gar nicht, dass Türken ironisch sein können!"

„Oh ha, das klingt jetzt fast ein bisschen rassistisch, wenn man dich nicht kennen würde. Ich bin Jesidin, und wir können sehr wohl ironisch sein, übrigens auch die Türken und Kurden, sonst könnten sie den ganzen Wahnsinn gar nicht aushalten, wenn sie ihn nicht auf die Schippe nehmen würden."

„Ja, ja, ist ja schon gut. Ich entschuldige mich in aller Form, das war unterirdisch."

„Okay, angenommen. Jakob konnte übrigens auch verdammt ironisch sein, da musste man manchmal aufpassen, dass man mitbekam, was er wirklich dachte. Hin und wieder hatte ich das Gefühl, er wusste es selbst nicht so genau und machte lieber witzige Bemerkungen, als eindeutig Stellung zu beziehen. Besonders, wenn es um persönliche Dinge ging, bekam man von ihm oft nur Witzchen zu hören. Hinter Ironie und Witz kann man sich auch prima verstecken."

„Ja, ich weiß genau, was du meinst. Mein Papa ist auch so. Manchmal wäre ein Scherz weniger und eine ernst gemeinte Ansage mehr wesentlich hilfreicher als diese andauernde Flapsigkeit. Die ist sehr lustig und man kann prima mitmachen, aber man muss seine eigentliche Meinung nicht preisgeben. Diesen Zusammenhang hab ich bisher noch gar nicht so gesehen. Jesiden scheinen auch ziemlich schlau zu sein."

Yeşim lacht und verbessert: „Jesidinnen, bitte!"

„Jesiden nicht?"

Yeşim verdreht die Augen so wie vorhin und Madita fällt ihr ins Wort: „Ich weiß schon, was du wieder sagen willst: Männer!"

Jetzt lachen beide.

Stella

Stella hat sich angekündigt. Sie möchte Yeşim kennenlernen und hat etwas Wichtiges mit Madita zu besprechen. Sie bringt frischen Pflaumenkuchen mit, den sie zu dritt auf dem Balkon verspeisen. Am Anfang ist die Situation sehr merkwürdig, alle sind ein wenig steif und eher förmlich-höflich. So befangen kennt Madita ihre Mutter gar nicht, aber sie hat sie auch lange nicht gesehen. Findet sie das befremdlich, dass ihre Tochter mit einer türkischen Frau zusammenlebt? Taxiert sie Yeşim, ob sie die Richtige ist für ihre Tochter? Madita weiß außerdem nicht so genau, wie viel Stella von Yeşim und Jakob weiß. Weiß sie überhaupt etwas darüber? Und vor allem, was hat ihre Mutter eigentlich auf dem Herzen, was muss sie so dringend mit ihr besprechen?

Yeşim spürt, dass die beiden ganz dringend zu zweit sein müssen und verabschiedet sich nach dem Kaffeetrinken, um zu ihrer Freundin zu fahren. Madita ist verwirrt, sie weiß gar nichts von einer Freundin in Köln, aber sie fragt auch nicht weiter nach. Sie ist dankbar, dass Yeşim so diskret ist. Aber auch als sie zu zweit in der Wohnung sind, bleibt das Gespräch erst einmal an der Oberfläche. Stella erkundigt sich danach, wie es bei Madita im Studium läuft, ob sie zurechtkommt, seit wann sie mit Yeşim zusammenlebt. Es fühlt sich fast wie ein Telefongespräch an, bei dem man die naheliegendsten Themen nacheinander abhakt und sich gegenseitig auf den neuesten Stand bringt. Dieser Eindruck wird dadurch verstärkt, dass Stella ihrem Blick auszuweichen scheint. Oder schaut sie in die Ferne? Was ist los mit Stella?

„Komm, Mama, wir machen jetzt mal einen schönen Spaziergang, dann kommen unsere Gedanken und Worte besser in Fluss! Hast du Lust?"

„Ja, gute Idee!" stimmt Stella zu. Sie machen sich auf den Weg, wickeln sich warm ein, denn am Rhein weht ein frischer Wind. Der tut ihnen gut. Nachdem sie eine Weile schweigend nebeneinander hergelaufen sind, beginnt Stella: „Es tut mir leid, dass ich dich so überfalle mit meinem plötzlichen Besuch. Ich bin ein bisschen neben der Spur, das hast du ja schon gemerkt. Ich hoffe, ich habe deine Freundin nicht verschreckt vorhin?"

„Keine Sorge, so schnell lässt sich Yeşim nicht verschrecken, Mama. Findest du das merkwürdig, dass ich mit ihr zusammen bin?"

„Nein, um Gottes Willen, ich find sie sehr nett. Und attraktiv dazu. Wie habt ihr euch kennengelernt?"

„Sie ist Lehrerin und war damals Jakobs Referendarin. Eines Tages hat sie an der Tür geklingelt und wollte Jakob besuchen. Und dann war stattdessen ich da."

„Klingt verrückt. Ja, man sollte viel mehr verrückte Dinge tun. Komisch, jetzt, wo ich aus der Schule raus bin, entdecke ich erst, in was für einer Mühle ich da gesteckt habe. Was das mit einem macht, dieser ganze Beamtenscheiß, dieses Hamsterlaufrad, die ganzen Jahre, immer wieder, immer weiter. Das tötet die Phantasie, das stumpft ab, das macht einen so träge, so müde. Ich muss immer das Lied von Biermann vor mich hin summen: *Das kann doch nicht alles gewesen sein*."

„Du machst mir ja nicht gerade Mut, Mama. Jetzt, wo es ernst wird bei mir mit der Schule."

„Du hast recht, das klingt eher abschreckend bei mir, aber das heißt nicht, dass ich nicht ganz viele Jahre sehr gerne Lehrerin gewesen bin. Und das ist schon mehr, als manche meiner Kolleginnen und Kollegen von sich behaupten könnten. Ich habe es wirklich gerne gemacht. Gerne und auch gut. Vor allem die Kinder haben mich immer wieder angespornt, mich richtig reinzuhängen. Aber irgendwann muss man aufpassen, dass man den Zeitpunkt nicht versäumt, wo man einen Perspektivwechsel braucht. Manche werden dann Fachleiter oder gehen in die Schulleitung, andere gehen in die Fortbildungsarbeit. Aber das kam nie infrage für mich, ich wollte immer dicht an den Kindern dranbleiben. So wie Jakob übrigens auch."

„Gehst du an die Schule zurück?"

„Nein. Darüber wollte ich mit dir sprechen. Ich dachte ja, nach einer Auszeit geht das wieder. Aber wenn ich ehrlich bin, kann ich mir das überhaupt nicht vorstellen. Im Grunde bin ich an einem ähnlichen Punkt wie Jakob, ich habe bloß sehr viel länger gebraucht, um das zu bemerken. Durch Jakobs Weggang bin ich ja überhaupt darauf aufmerksam geworden, dass es bei mir auch nicht gut läuft. Ich bin ihm total dankbar dafür, auch wenn ich ihn sehr vermisse. Immer noch."

„Du hast ihn geliebt."

„Sehr. Ich habe ihn sehr geliebt und ich habe ihn leider sehr vernachlässigt in den letzten Jahren. All das habe ich erst gemerkt, als er weg war."

„Mehr geliebt als Papa?"

„Das kann man nicht messen, Madita. Aber als er weg war, funktionierte unsere Ehe nicht mehr so richtig. Als ob plötzlich ein Stützbalken weg war. Ich denke im

Nachhinein, unsere Ehe war eine Dreierkonstruktion, und wenn auch Jakob oft im Hintergrund war in den letzten Jahren, war er für die Stabilität dieser Konstruktion enorm wichtig. Wenn der Stützbalken wegbricht, stürzt die Hütte ein. So war das."

„Ein interessantes Bild. Ein Tisch mit drei Beinen steht besser als einer mit zwei Beinen."

Stella lacht zum ersten Mal an diesem Tag: „Ja, sicher. Ein Tisch mit zwei Beinen funktioniert nur als Klapptisch! Ideal wäre einer mit vier Beinen."

„Das sind dann die Kinder. Die sind ja auch noch da. Und tragen zur Stabilität der Familie bei."

„So hatte ich das nicht gemeint, aber du hast schon recht. Die wahren Stabilisatoren in den meisten Familien sind die Kinder."

„Oder der Hund!"

Eine Weile laufen sie schweigend nebeneinander, schauen aufs Wasser, die Schleppkähne, die Möwen, selbst die Wiesen am anderen Ufer, alles scheint hier in Bewegung zu sein, und das tut unglaublich gut. Wie oft ist Madita hier langgegangen, wenn sie nachdenken musste, wenn die Gedanken sich festgefahren haben, wenn sie lernen musste. Und immer kommt nicht nur der Körper in Bewegung, sondern auch der Geist. Neue Gedanken tauchen auf, Perspektiven wechseln. Der Wind am Rhein trägt die Sorgen weg und pustet einen ordentlich durch. Ein vertrauter Ort und doch immer wieder neu. Egal, wo sie später mal wohnt, Madita möchte immer den Rhein in der Nähe haben.

„Wie ist es in Düsseldorf, Mama?"

„Ich habe gerade daran gedacht, dass ich, wenn ich mich auf den Wellen treiben lassen würde, irgendwann nach Düsseldorf kommen würde. Düsseldorf selbst ist okay, besonders der Rhein, aber ich will weg. Deshalb wollte ich mit dir sprechen."

„Warum? Hast du Heimweh?"

„Auch ein bisschen, manchmal. Aber das ist es nicht."

„Was dann?"

„Ich bin ja nach Düsseldorf gegangen, um dort alte Freunde zu treffen, um meiner künstlerischen Seite, die ich seit der Referendarzeit vernachlässigt habe, wieder zu ihrem Recht zu verhelfen. Ich wollte malen, ich wollte was Neues lernen, ich wollte den Anschluss an mein Kunststudium herstellen."

„Und das hat nicht geklappt?"

„Das war einfach sehr naiv gedacht. Die paar Leute dort, die ich noch von früher kenne, Künstler, sind zum Teil total abgedreht. Sie versuchen, sich mit fragwürdigen Ideen über Wasser zu halten, erzählen mir von abstrusen Projekten. Einige sind sogar damit erfolgreich und verkaufen irgendwelches Zeug für viel Geld an reiche Leute, die sich einbilden, das sei etwas ganz Tolles. Ich habe kaum jemanden gefunden, der etwas malt oder herstellt, was ich bewundern oder zumindest respektieren würde. Das war niederschmetternd für mich. Ich dachte, ich bekomme gute Anregungen, stattdessen habe ich nur gesehen, was ich alles auf keinen Fall machen möchte!"

„So habe ich dich noch nie reden gehört. So radikal in deinem Urteil. Du, die sonst immer so ausgleichend und moderat ist."

„Ja, ausgleichend und moderat muss man als Förderschullehrerin sein, aber ich sag dir, manches Förderschulkind, das kaum seinen Stift richtig halten kann, malt bei mir im Kunstunterricht ernsthaftere Bilder, als das, was ich im Kunst-Mekka gesehen habe. Deshalb bin ich ja so enttäuscht. Ich habe mir viel, vielleicht zu viel, von Düsseldorf versprochen und bin wahnsinnig enttäuscht worden. Ich habe kaum etwas gemalt und gezeichnet dort in der Zeit. Ich war so weit, Stifte und Pinsel hinzuschmeißen und die Kunst dranzugeben. Wozu das alles? Wenn irgendwelche Kiffer mit kranken Ideen vollgekleckste oder hingeschmierte Bilder verkaufen? Und mir erzählen, ich bräuchte nur Inspiration, ich müsste einfach auf den Flow warten?"

„Oh je. Gab es keine erfreulichen Begegnungen in Düsseldorf?"

„Kaum. Ich wollte es mir lange Zeit nicht eingestehen. Dass ich die Auszeit, die ich mir genommen habe, verschwende. Ich habe keinen gefunden, der mit sich und seiner Arbeit zufrieden sein kann. Sie sind zufrieden, wenn sie etwas verkaufen. Aber welcher Verkäufer kann denn zufrieden sein, wenn er seinen Kunden irgendeinen Scheiß andreht? Was macht das eigentlich mit der Selbstachtung? Der handwerkliche Stolz, etwas Gutes und Schönes hergestellt zu haben, der ist völlig abhanden gekommen. Und keiner scheint irgendetwas zu vermissen."

„Vielleicht hast du einen handwerklichen Kunstbegriff, der völlig aus der Mode ist, Mama?"

„Ja, vielleicht. Das klingt jetzt so konservativ, als ob ich so wie früher malen will, Biedermeier oder so. So ist es ja überhaupt nicht. Du kennst meine Bilder. Ich bewundere die Surrealisten, manche von den Neuen Wilden. Ich bin offen für Neues. Aber es muss gekonnt sein, nicht nur Trick und Tick und Fake. Ich wollte einfach wieder mehr Kunst machen, mir etwas abgucken von anderen, für mich selbst. Für mein Privatvergnügen, vielleicht auch für mein Ego, um mir zu beweisen, da steckt noch mehr in mir, als das, was ich bisher gezeigt habe. Aber das kann ich nicht in dieser komischen Umgebung, dazu muss ich weg!"

„In den Süden, nach Italien, wie Goethe!"

„Genau, Italien, Südfrankreich, Spanien, Portugal. Mal schauen."

„Alleine, einfach so?"

„Ja, einfach so. Aber im Gegensatz zu Jakob sag ich vorher Bescheid."

„Und hoffentlich gibst du zwischendurch auch mal ein Lebenszeichen von dir."

„Bestimmt. Nicht jede Woche, aber ab und zu."

„Hast du denn Geld?"

„Ich habe sehr sparsam gelebt, was nicht immer einfach ist in Düsseldorf. Und ich habe Nachhilfe gegeben und an der Volkshochschule einen Kurs für Flüchtlinge. Ich werde auch im Süden irgendwie zurechtkommen, ohne meine Altersreserven alle aufzubrauchen. Irgendwas wird sich finden. Kellnern, Deutsch-Kurse, was auch immer."

„Und sonst sagst du Bescheid, dann schick ich dir was!"

„Soweit kommt's noch. Die Tochter studiert und muss die Weltreise der Mutter finanzieren! Aber dein Papa hat versprochen, im Notfall auszuhelfen. Du kannst mich dann durchfüttern, wenn ich im Rentenalter bin."

Stella lacht, Madita schaut lachend zu ihr hinüber: „Ist das dein Ernst, Mama?"

„Nein, Madita, das ist ein blöder Scherz. Du kennst mich doch. Die Situation ist bloß gerade so lustig. Du bist in der typischen Besorgte-Mutter-Rolle, während ich der Teenager bin, der in der weiten Welt herumflippen will."

„Ja, das ist ziemlich absurd. Aber so seid ihr eben drauf, ihr alten Nach-Achtundsechziger, in euch steckt immer noch die gute, alte Hippie-Seele."

„Das kannst du laut sagen. Viele haben sie so gut vergraben, dass sie sich gar nicht mehr meldet. Ich zum Beispiel, wenn Jakob nicht abgehauen wäre. Dann wäre ich mit Urkunde und Handschlag irgendwann in Pension gegangen und hätte mich gewundert: *Das kann doch nicht alles gewesen sein ...*"

Auf Jakobs Spuren

Yeşim hat eine Vertretungsstelle an ihrer und Jakobs alter Schule angenommen, zunächst erst einmal bis zum Sommer, dann will sie entscheiden, ob und wo sie sich auf eine feste Stelle bewerben will. Erst kommt es ihr merkwürdig vor, dorthin zurückzukehren, wo sie als Referendarin mit Jakob zusammen war. Viele Kolleginnen und Kollegen kennen sie natürlich noch und freuen sich, dass sie kompetente Unterstützung bekommen. Sie hat sich rasch wieder eingelebt, die Schüler lieben sie, weil sie jung und nett ist und viele frische Ideen hat. Und die Kinder mit ausländischen Wurzeln lieben sie, weil sie eine von ihnen ist und zeigt, wie weit man kommen kann in Deutschland.

Von Kollegen wird sie ab und zu noch einmal auf Jakob angesprochen und nutzt die Chance, um ihrerseits diskret und vorsichtig nachzuhören, was da zwischen ihm und seiner Arbeit, seinem Kollegium, seiner Schulleitung gestanden haben könnte. Beim Lehrerausflug im Siebengebirge unterhält sie sich beim Wandern lange mit einer Kollegin, die Jakob schon lange kennt und sich selbst auch schon oft die Frage gestellt hat, warum er so plötzlich aufgegeben hat:

„Jakob war sehr sensibel. Er versteckte das gerne hinter seiner lässigen Art und hinter witzigen, oft hintersinnigen Bemerkungen. Das ist mir auch bei anderen schon aufgefallen: Hintergründiger Wortwitz, schwarzer Humor ist oft eine Art Überlebensstrategie, um nicht am Alltag zu verzweifeln. Ein Buchtitel von Tucholsky heißt: *Lerne lachen ohne zu weinen!* Das trifft es ziemlich gut. Witzige Menschen verbergen ihre Enttäuschungen sehr geschickt. Tucholsky hat sich umgebracht, weil er seine Verzweiflung nicht mehr ausgehalten hat. Das hat Jakob hoffentlich nicht gemacht, aber es könnte sein, dass sich bei ihm eine Menge Frust angesammelt hat, ohne dass wir es so richtig mitbekommen haben. Irgendwann kann der Witz die Verzweiflung nicht mehr überspielen."

„Oh je, das hört sich schlimm an. Aber Tucholsky ist doch an den Nazis verzweifelt!"

„Ja sicher, das ist als Vergleich bestimmt einige Nummern zu groß. Und trotzdem glaube ich, dass es oft einen direkten Zusammenhang gibt zwischen Witz und bitterernstem Hintergrund. Und es kommt bei Jakob noch etwas anderes dazu. Er war gut gelitten, alle mochten ihn, ein netter Kerl, ein kluger Kopf. Er war mitten drin sozusagen – und trotzdem immer ein Stück distanziert.

Fast so, als würde er das Geschehen lieber vom Spielfeldrand beobachten, als mitten im Getümmel auf dem Platz zu sein – wenn man es mal sportlich sehen will."

„Das ist mir auch aufgefallen. Ich glaube, das haben viele künstlerische Menschen. Sie erschaffen die Welt, in der sie leben. Sie brauchen die Kontrolle, um sich nicht selbst zu verlieren. Sie sind Trainer oder Regisseure und schauen vom Rand zu, versuchen auch, einzugreifen, aber immer aus der sicheren Deckung."

„Jakob ist ein Mann, der Angst davor hat, sich selbst zu verlieren, glaube ich. Wenn man ihm zu dicht auf die Pelle rückt, oder wenn ihm drängende Dinge zu nahekommen, dann flüchtet er. Er braucht Distanz, um Ruhe und Übersicht zu finden. Und es gibt noch einen anderen Punkt: Jakob ist enorm schüchtern."

„Da hast du recht. Ich wollte es am Anfang gar nicht glauben. Er konnte das gut überspielen, gab sich locker und gewandt, unterhaltsam. Und dann war er plötzlich schüchtern wie ein kleiner Bub. Besonders, wenn es darauf ankam, Gefühle zu zeigen."

„Das weißt du sicher besser als ich, so nahe war ich ihm nie."

„Ich auch nicht, obwohl schon mehrere mich hier darauf angesprochen haben, dass wir etwas miteinander gehabt hätten. Aber da war nie was."

„Okay, das wusste ich auch nicht. Aber es spricht dafür, dass er keinen so richtig an sich rangelassen hat. Vielleicht war ihm das gar nicht klar. Oder er hat es gemerkt, konnte aber nicht über seinen Schatten springen."

Wieder zu Hause, erzählt Yeşim Matilda von ihrem Gespräch. Matilda nickt mehrmals beim Zuhören: „Das ist wahrscheinlich alles richtig. Wir werden kein einzelnes Motiv finden, sondern ein Puzzle aus ganz vielen Gründen, die irgendwann dazu geführt haben, dass es nicht mehr ging. Meine Mutter ist ja auch so weit, dass sie aussteigt, aber sie macht es öffentlich, nicht heimlich."

„Heimlich spricht für einen Groll, für eine tiefe Verletzung, finde ich. Da muss noch mehr sein als Schüchternheit und Distanz."

„Na überleg mal, was er alles in der Schule erlebt hat. Und dass er, wie meine Mutter auch, vielleicht einfach schulmüde war und nicht mehr wollte und konnte."

„Alles möglich, aber eigentlich wirkte er überhaupt nicht so. Jedenfalls vor ein paar Jahren noch nicht. Er war ein Kämpfer. Und er liebte seine Klasse, seine Schüler."

„Ich habe neulich etwas gelesen, da musste ich sofort an Jakob denken. Ich weiß gar nicht mehr genau, wo und um wen es ging. Ein Mann im besten Alter auf jeden Fall. Er blickte zurück auf sein Leben und sagte so etwas wie: *Ich habe plötzlich erkannt, dass ich gar nichts Besonderes bin, so wie ich immer gedacht hatte. Das hat mich tief getroffen. Ich war geschockt, es hat mich völlig aus der Bahn geworfen. Ich hatte es schon länger gespürt, wollte es aber nie wahrhaben. Und dann hat es mich frontal erwischt wie eine Riesenwelle am Atlantik."*

„Aber Jakob ist etwas Besonderes. Etwas ganz Besonderes. Du übrigens auch!"

„Danke, aber so war das glaube ich nicht gemeint. Sicher ist jeder etwas Besonderes und so weiter. Das gehört auch so zu unserer christlichen Erziehung. *Gott der Herr hat sie gezählet, dass ihm auch nicht eines fehlet* hat meine Oma mit uns früher beim Zubettgehen gesungen, da hatte man dieses wunderbar geborgene Kindergefühl: Ich bin aufgehoben und geborgen, keiner unter vielen, sondern ein ganz besonderer Mensch. Das gibt es im Islam bestimmt auch. Aber es ist eben ein Kinderglaube, den manche Erwachsene noch lange konservieren, bis sie irgendwann merken, es passt nicht mehr. Der Herr lässt seine Schäfchen krank werden und sterben wie die Fliegen und es scheint ihm völlig egal zu sein, ob eins fehlt oder nicht."

„Nein, das meine ich nicht. Jakob hatte keinen Kinderglauben mehr. Er war außergewöhnlich kreativ und klug, er wusste das auch und hatte ein entsprechend gesundes Selbstbewusstsein. Habe ich zumindest immer geglaubt."

„Ich habe ihn auch so in Erinnerung. Schüchtern ja, aber trotzdem selbstbewusst. Nie arrogant, aber er wusste schon ziemlich gut, was er konnte. Trotzdem kann so ein Selbstbewusstsein einen Riss kriegen. Es ernährt sich ja sozusagen von Zustimmung, von Lob, von Erfolg. Wenn da über längere Zeit von außen nichts mehr kommt, fängst du an, an dir zu zweifeln. Oder es erwischt dich plötzlich mit voller Wucht, wie diese Welle. Und wenn du eh gerade nicht sehr fest stehst, dann haut es dich um."

Eine Weile sinnieren sie stumm und schauen in unbestimmt ferne oder nahe Räume, ohne etwas zu sehen. Dann beginnt Yeşim wieder: „In Krimis heißt es immer bei der Suche nach Motiven, Liebe und alles, was daraus entsteht, ist das häufigste Motiv."

„Du meinst Eifersucht, Rache und so weiter?"

„Nein, wir haben es ja auch nicht mit einem Mörder zu tun. Er ist nur abgehauen, weggelaufen aus einer Situation, die für ihn nicht mehr zu ertragen war. Enttäuschte, vergebliche, nicht erwiderte Gefühle."

„Bei meiner Mutter bestimmt, ja. Er hatte innerlich gehofft, dass er sie irgendwann mal kriegt, stattdessen haben sie sich immer weiter voneinander entfernt. Seine Versuche mit anderen scheitern. Oder er lässt gar nicht erst irgendetwas zu, so wie bei dir. Vielleicht hat er dich sogar geliebt, auf jeden Fall sehr gemocht, aber er lässt dich laufen, ohne dir jemals angedeutet zu haben, dass da etwas ist."

„Vielleicht, ja. Ich kann das schlecht beurteilen. Aber, wie gesagt, ich hätte vielleicht alles stehen und liegen gelassen, wenn dieser Mann in die Pötte gekommen wäre. Von deiner Mutter und dieser sehr speziellen Konstellation habe ich natürlich nichts geahnt."

„Hätte es etwas ausgemacht?"

„Ich hätte es spannend gefunden, das ist ja etwas, das man sich vielleicht mal vorstellt, aber nicht wirklich ausprobiert, vor allem über so viele Jahre."

„Aber er litt darunter, er kam nicht davon los, obwohl er seit Jahren nur noch das dritte Rad am Roller war."

„Das wiederum spricht auch für Jakob, treu wie Gold. Irgendwie rührend, wenn auch tragisch. Deine Mutter muss ihn verzaubert haben."

„Sie war mal sehr schön."

„Das ist sie heute noch. Sie hat so eine elegante Haltung. Und sie hat sich etwas Mädchenhaftes bewahrt, etwas Zartes und Geheimnisvolles, seltsam gepaart mit etwas Wildem und Ungestümen, wenn ich das mal so sagen darf in meiner 10-Minuten-Analyse."

„Du hast einen sehr scharfen Blick, Yeşim! Besser könnte ich sie kaum beschreiben. Natürlich kenne ich sie in Alltagssituationen, im Stress, auf dem Klo, auf der Suche nach irgendetwas, das sie gerade verlegt hat. Aber da ist so eine Aura um sie herum, und die ist genauso, wie du das gerade gesagt hast. Wie eine Märchengestalt, die nur zufällig gerade hier bei uns zu Besuch ist, aber eigentlich ganz woanders zu Hause ist."

„Schau mal, jetzt haben wir schon zwei Gestalten, die nicht so ganz von dieser Welt sind, deine Mutter und Jakob. Und beide drehen irgendwann ab und suchen nach ihrer Welt."

Madita lacht still in sich hinein und kuschelt sich an Yeşims Schulter: „Ich habe neulich David gesehen, meinen Vater, in der Schildergasse. Ich wusste gar nicht, dass er in Köln ist. Und er war nicht allein. Er hatte eine junge Frau im Arm, die sah exakt genauso aus wie Stella vor zwanzig Jahren. Ein hübsches, zartes, geheimnisvolles Mädchen, ein bisschen frech. Mir blieb der Mund offenstehen. Ich konnte mich nicht rühren und gaffte, während die beiden im Menschengedränge der Fußgängerzone untertauchten."

„Das ist doch schön, dass er eine neue Stella gefunden hat, oder?"

„Ja, sicher, das freut mich für ihn, weil ich schon Sorge hatte, dass er über die alte Stella nicht hinwegkommt, so wie Jakob."

„Und wer weiß, vielleicht hat Jakob auch schon längst eine neue Stella gefunden, mit der er fröhlich irgendwo zusammenlebt und es sich gut gehen lässt."

„Und Kinder zeugt wie am Fließband."

„Stimmt, das fehlt ja auch noch. Jakob liebt Kinder."

„Eben. Auch das ist ein guter Grund für einen Neustart."

Nach einer Schweigeminute schaut Madita Yeşim ins Gesicht: „Ich bin so froh, dass du hier bei mir bist, habiti!

Habe ich dir schon verraten, dass ich bereits angefangen hatte, mich hier mit mir selbst zu unterhalten, in dieser Wohnung?"

„Oh je, nein, bist du auch aus einer anderen Galaxie?"

Madita kichert: „Nee du, ich nicht, keine Sorge. - Na ja, im Grunde habe ich mich mit Jakob unterhalten. Ich bin manchmal durch die Wohnung gelaufen und hab mit ihm gequatscht."

„Das hört sich nach telepathischen Kräften an. Hat er dir denn geantwortet?"

„Nee, aber wenn ich meine Frage ausgesprochen hatte oder irgendein Problem, wusste ich im Grunde danach, was er wohl dazu sagen würde."

„Das ist ja genial! Hast du ihn denn auch mal gefragt, ob er mal wiederkommt?"

„Ja. Und ich hatte das Gefühl, er weiß noch nicht genau wann, aber er kommt wieder."

„Das ist ja super, dann müssen wir uns nicht mehr so viel den Kopf zerbrechen, sondern können ihn dann auch selbst fragen, wenn er wieder da ist."

„Genau. Fragt sich bloß, wie lange er sich Zeit lässt!"

Besuch

Die Tage gehen dahin. Der Herbst kommt und sorgt für eine verzauberte, bunte Welt, aber auch für Wehmut. Es wird kalt, feucht und dunkel, der Wind reißt die Blätter von den Bäumen. Yeşim und Madita haben es sich schön gemütlich gemacht im Wohnzimmer, eine Kerze brennt, auf dem Stövchen steht ein Früchtetee und dampft vor sich hin. Madita berichtet von einem Treffen mit dem Vater in der Kölner Altstadt. Er hatte seine neue Freundin nicht mitgebracht, was Madita einerseits schade fand, auf der anderen Seite konnten sie so unbeschwerter plaudern. Als sie erzählte, dass sie ihn mit seiner neuen Frau gesehen hat, wurde er knallrot wie ein Teenager. Es war ihm äußerst unangenehm, so als wäre er bei etwas Verbotenem erwischt worden. Dabei macht es Madita nichts aus, im Gegenteil, sie freut sich für ihn, dass er eine zweite Stella gefunden hat, jetzt, wo die erste sich verdrückt hat.

Bei diesem Bild muss auch Yeşim lachen: „Du bist ein tapferes Mädchen, Madita! Deine Familie verschwindet peu à peu und lässt dich hier mutterseelenallein zurück, aber du behältst deinen Humor. Das finde ich großartig!"

„Ich bin ja nicht allein, Jakob hat mir ja dich geschickt!"

„Ach so siehst du das? Ja, warum nicht? Macht sich aus dem Staub, aber schickt einen Ersatz!"

„Ja, einen tollen Ersatz, ich weiß gar nicht mehr, wie das Leben ohne dich war!"

Yeşim stellt ihre Teetasse ab und will gerade etwas erwidern, da klingelt es an der Tür. Sie schaut Madita fragend an, die zuckt mit den Achseln, da rennt sie zur Tür und reißt sie auf. Vor ihr steht ein völlig verdatterter Jakob mit einem fulminanten Drei-Jahre-Bart und stottert: „Äh, das ist doch, Yeşim, was machst du denn hier?"

„Ja, was mache ich eigentlich hier? Ich warte auf dich, mein Lieber, gut, dass du kommst!"

„Aber du bist doch in der Schweiz?"

„Nein, ich bin hierhergezogen, weil Madita mich netterweise dazu eingeladen hat. Und damit ich auf gar keinen Fall verpasse, wenn du zurückkommst!"

Jakob steht noch immer völlig verwirrt im Türrahmen, Yeşim zieht ihn hinein: „Komm doch bitte herein, es ist schließlich deine Wohnung!"

Längst ist auch Madita dazugekommen und lächelt verlegen. Jakobs Verwirrung wächst: „Madita! Du bist ja eine erwachsene Frau geworden! Mein Gott, war ich so lange weg?"

„Ziemlich lange, ja. Aber du siehst auch ziemlich verändert aus!"

„Ja, aber nicht zu meinem Vorteil, fürchte ich, so wie du?"

Jetzt schaltet sich Yeşim wieder ein: „Wieso, war sie früher hässlich?"

„Nein, nein, nie! Madita war immer ein ausgesprochen hübsches Kind. Aber eben ein Kind, falls ihr versteht, was ich meine!"

„Wie wär's denn, wenn du dir die Jacke ausziehst und zu uns ins Wohnzimmer kommst? Dann stehen wir nicht so dumm rum und kriegen keine kalten Füße!" ergreift Yeşim wieder die Initiative und geht schon mal vor ins warme Wohnzimmer. Madita hilft ihm aus der dicken Jacke, hängt sie auf den Garderobenhaken, breitet die Arme aus und sagt: „Hallo Jakob, wir haben dich erwartet!"

Es muss so viel erzählt werden, dass der Abend dafür gar nicht reicht. Jakob braucht eine Weile, bis er aus seiner Überraschung und Befangenheit langsam herauskommt, er kann anfangs nur Fragen stellen und noch gar nichts über sich erzählen. Madita und Yeşim drängen ihn nicht, erzählen ihm die ganze Geschichte ihres Zusammentreffens und -wohnens. Madita erzählt ihm von Stella und David, Yeşim von seinen ehemaligen Kollegen an der alten Schule und von ihrem eifersüchtigen Freund, der seinen Brief versteckt hielt. Und Stück für Stück taut Jakob auf, öffnet sich, lacht herzhaft, genießt die angenehme Gesellschaft der beiden jungen Frauen. Und mit dem zweiten Glas Spätburgunder löst sich dann auch seine Zunge:

„Ich hätte nie gedacht, dass ich hier so einen herzlichen Empfang bekomme. Ich wusste ja überhaupt nichts, war zuerst an eurer alten Wohnung, in der keiner öffnete, bezweifelte schon, dass ich hier noch jemanden antreffen würde, den ich kenne. Ja, ich hatte schon Sorge, ob ich überhaupt jemanden wiederfinden würde!"

„Du hättest anrufen können. Oder wolltest du dich überraschen lassen? Und uns?"

„Nein, mein Handy wurde mir schon in der ersten Woche geklaut. Und dann habe ich gedacht: das ist ein Zeichen! Du willst dein altes Leben hinter dir lassen, also weg mit dem Handy! Und es hat mir nicht gefehlt. Drei Jahre ohne Handy, das ist möglich. Ich habe oft an euch gedacht. Ich habe einfach gehofft, dass ich euch wiederfinde. So wie damals, als ich jung war, da gab's ja auch keine Handys, und trotzdem Möglichkeiten, sich zu treffen."

Yeşim und Madita schauen sich an. „Drei Jahre ohne Handy? Unglaublich! Ich würde schon nach drei Tagen einen Koller kriegen!"

„Ihr seid damit aufgewachsen, für euch ist es unvorstellbar. Für mich nicht. Und ich habe gemerkt, dass ich es eigentlich nicht wirklich brauche. Auch wenn es fast nirgendwo mehr Telefonzellen gibt. Aber ich wollte ja sowieso niemanden anrufen."

„Hast du dich da nicht oft einsam gefühlt?"

„Ja, in der Tat, einsam und manchmal auch gelangweilt. Ich wusste gar nicht mehr, wie sich das anfühlt. Weil man diese Gefühle mit dem blöden Handy dauernd überspielt, man nimmt sie nicht mehr wahr. Und das ist sehr schade."

„Hast du so eine Art Ohne-Handy-Therapie gemacht und deine Gefühle wiederentdeckt?"

„Das war ein willkommener Nebeneffekt, das war ja nicht so geplant. Aber ich hatte wirklich viel Zeit zum Nachdenken, zum Trauern, Zeit, um Einsamkeit und manchmal auch Angst zu spüren. Das war sehr intensiv und zuweilen auch hart. Wenn ich mein Smartphone dabeigehabt hätte, hätte ich Sudoku gespielt, statt zu sehen, zu hören, zu spüren. Ich kann dem Handydieb nur dankbar sein, er hat mir sehr geholfen. Und ich habe viel intensiver als früher die Begegnungen mit Menschen erlebt, wenn ich welche getroffen habe, mit denen ich sprechen konnte."

Yeşim hat leckere Kleinigkeiten aufgetischt, Madita schenkt immer wieder Wasser und Rotwein nach und Jakob entspannt sich zusehends, wird gelöst und locker, prostet ihnen zu und betont immer wieder, was er für ein Glück gehabt habe, sie beide hier anzutreffen.

„Das war kein Glück, Jakob, wir haben hier auf dich gewartet."

„Danke dafür! Ich wusste, dass ich zurückkommen würde, bloß nicht wann. Ich war ja ohne Auto unterwegs und mit wenig Geld. Vor zwei Monaten war ich noch in Brasilien."

„Wir haben geahnt, dass du dich in Südamerika rumtreibst. Warst du die ganze Zeit dort?"

„Nein, ich habe mich treiben lassen, habe es oft dem Zufall überlassen, wo ich hinkomme. Zuerst bin ich mit Lastwagenfahrern Richtung Österreich und dann in den Balkan gereist. In Bulgarien haben sie mir mein Handy gemopst, und dann fing es an, richtig interessant zu werden. In den bulgarischen Bergen bin ich irgendwo im Niemandsland abgesetzt worden von einem Trucker, der zu seinem Mädchen wollte. Da war ich wohl im Weg. Ich bin dann stundenlang durch die Berge zum nächsten Dorf gelaufen, die Bewohner haben mich angestarrt wie E.T., die können gucken, dass dir das Blut in den Adern gefriert. Kein Mensch sprach Englisch, Französisch, geschweige denn Deutsch. Ich redete mit Händen und Füßen, während sie mich anstarrten wie ein zweiköpfiges Kalb, ohne jede menschliche Regung.

Ich wusste ja gar nicht, was sie wollten. Ich wusste nur, wenn sie den Kopf schütteln, bedeutet es *Ja*. Aber keiner bewegte auch nur eine Miene. Ich schwitzte Blut und Wasser. Schließlich habe ich in meiner Verzweiflung angefangen zu singen, *Ederlezi*, ein Lied der Balkan-Roma aus dem Film „Time of the Gypsies". Da löste sich die Anspannung, die Mienen hellten sich auf, einige fingen an, mitzusingen, andere holten ihre Frauen, Kinder, Instrumente und spielten mit. Schließlich standen wir untergehakt, alle sangen laut mit, manche improvisierten eine zweite Stimme. Eine völlig verbeulte Trompete, ein uraltes Akkordeon, an dem diverse Knöpfe fehlten, und eine Geige mit nur noch drei Saiten spielten dazu. Es war herzzerreißend. Zahnlose Mütter lachten mir zu, kleine Kinder drängelten sich um mich herum, um den Außerirdischen zu bestaunen und ein wunderhübsches dunkelhaariges Mädchen mit grünen Augen warf mir heimliche Blicke zu. Dann wurde weiter gesungen und getanzt, die Mütter holten etwas zu essen hinaus auf die Straße, die Väter Bier und Wein, und ich fühlte mich wie in einem Film von Kusturica. Ich weiß nicht, wie diese Nacht zu Ende ging, nur, dass sie einmalig war."

Man sieht Jakob an, wie sehr ihn diese Begegnung in Bulgarien jetzt noch begeistert. Madita holt Knabberzeug, Yeşim schenkt Wein nach und Wasser. Jakob hat sich jetzt warmgeredet und erzählt vom bulgarischen Frauenchor, zu dessen Konzert er in die nächste Stadt mitgenommen wird, dass er dort eine Zeitlang gelebt und sich mit dem Chorleiter anfreundet, mit ihm zusammen Konzerte besucht und die Musikerszene der Stadt kennenlernt. Dann geht es weiter Richtung Griechenland, erst nach Thessaloniki, dann durch den Norden bis zum Mittelmeer. Dort fährt er auf einer Autofähre hinüber nach Bari, hält sich ein paar Wochen am Stiefel auf, bevor er weiter nach Sizilien reist, fast immer mit Truckern. Manchmal sind auch deutsche oder englische dabei, mit denen er sich etwas flüssiger unterhalten kann als mit den Italienern. Allerdings machen viele italienische Lastwagenfahrer alles mehr als wett durch ausgesprochene Gastfreundlichkeit, sie laden ihn zum Essen und Trinken ein, teilen, was sie haben. Jakob hört ihrer Sprache gerne zu, auch wenn er nur einen Bruchteil davon versteht, es klingt immer wie Musik in seinen Ohren.

Inzwischen wird es Winter in Europa, doch auf Sizilien ist es noch so warm wie an besonders schönen Sommertagen in Deutschland. Eine Zeitlang wohnt er in Palermo bei einem Straßenmusiker, den er auf der Gitarre oder Mandoline begleitet, je nachdem, was gerade passt. Er hat Süditalien vorher immer mit der Mafia verknüpft, und ist sehr überrascht, wieviel ihm hier geboten wird und wie herzlich er aufgenommen wird. In kleinen Bergdörfern kann es sein, dass er auch sehr argwöhnisch beäugt wird, allerdings nicht so abweisend wie in Bulgarien. Aber wie dort hilft auch in Sizilien Musik fast immer. Ein gesungenes oder gepfiffenes Liedchen, egal in welcher Sprache, und schon ist der Bann gelöst. Wie oft hat er den Spruch *Böse Menschen haben keine Lieder* belächelt und verachtet, in Deutschland hat der ja auch leider nicht funktioniert. Was haben doch die Nazis und die Pimpfe von der HJ alles gesungen! Aber hier scheint man einem Sänger und Musiker Vertrauen zu schenken, das tut gut.

Nach einigen Wochen fährt er mit Umberto, seinem neuen italienischen Musikerfreund, mit der Fähre hinüber nach Tunis. Er ist zum ersten Mal in seinem Leben in Afrika, lässt sich von ihm die Stadt zeigen und in die Gebräuche einweihen. Als Umberto wieder nach Italien zurückfährt, fühlt Jakob sich erstmals allein und unsicher in der für ihn so fremdartigen Umgebung. Er hat die Warnungen von Umberto im Hinterkopf, sich ja nicht übertölpeln zu lassen, immer wachsam zu sein, nicht jeder Freundlichkeit zu vertrauen, besonders nicht der übertriebenen Freundlichkeit. Ein italienischer Lastwagen bringt ihn nach Tanger an den Hafen, der Fahrer gibt ihm den Tipp, bei den Grimaldi Lines nachzuhören, ob er auf einem Frachtschiff nach Süd-amerika mitfahren kann. Es ist ein Wink des Schicksals: Das Schiff liegt schon im Hafen.

Im Büro möchte gerade eine elegante französische Dame die Doppelkabine nach Montevideo in eine Einzel-kabine eintauschen, da sie sich zwei Tage zuvor von ihrem Ehemann getrennt hat. Leider sind alle Einzel-kabinen belegt. Die Frau ist ratlos und bittet Jakob, der hinter ihr steht, so freundlich um Entschuldigung für die Verzögerung, dass der sich ein Herz fasst und in seinem holprigen Französisch anfragt, ob er vielleicht mit ihr fahren dürfte. Die Frau lacht erst, begreift dann aber, es ist kein Scherz, schaut ihn an, findet ihn sympathisch und fragt: „Meinen Sie, wir könnten es drei Wochen miteinander aushalten?" Jakob bejaht, der Schalter-beamte grinst amüsiert, weil jetzt nichts storniert werden muss, er braucht nur noch Jakobs Personalien aufzu-nehmen und ihm ein Bord-Ticket ausstellen.

Sie heißt Isabelle, kommt aus Bordeaux und wollte zusammen mit ihrem Mann gleich zwei Lebensträume verwirklichen: Casablanca sehen, nicht im Kino, sondern in echt, und eine Schiffstour mit einem Frachtschiff nach Südamerika machen. In Argentinien lebt die Familie ihrer Schwester, die will sie besuchen. Gleichzeitig hoffte sie, durch diese Reise ihrer schon länger sehr angespannten Ehe neues Leben einzuhauchen. Aber wie das Leben so spielt: Die beiden gerieten sich schon auf der Reise nach Nordafrika dermaßen in die Haare, dass sie sich in Casablanca nach fürchterlichen Auseinandersetzungen trennten. Er fuhr zurück nach Hause, weil er, wie er wütend schrie, von vornherein keine Lust auf diese vollkommen blödsinnige Idee gehabt hätte, sie dachte nicht im Traum daran, wegen ihm die Reise abzubrechen.

Jakob traut sich nicht, Isabelle nach ihrem Alter zu fragen. Als er sie zuerst sah, hätte er schwören können, sie sei jünger als er. Sie ist klein, sieht gut aus und ist sehr lebendig, ihre Herzlichkeit Jakob gegenüber hat beinahe etwas Mütterliches. Sollte sie doch älter sein als er? Er weiß es nicht, aber je mehr er von ihr erfährt, desto mehr nimmt er an, dass sie sich mit dieser Reise für das Erreichen des Pensionsalters belohnt. Soweit er weiß, wird man in Frankreich schon mit 60 oder sogar 58 pensioniert. Sie erzählt, dass sie und ihr Mann Geschäftsleute sind – oder waren? Auf jeden Fall scheint sie finanziell gut dazustehen, denn sie weigert sich, von Jakob Geld für die Überfahrt zu nehmen. „Ich nehme doch kein Geld von einem Mann, so eine bin ich nicht!" scherzt sie und zwinkert Jakob dabei vergnügt zu. Jakobs Französisch ist nicht gut genug, um ihr darauf eine passende Antwort zu geben, aber es ist ihm schon komisch, sich von einer fremden Frau aushalten zu lassen.

Obwohl sie sehr unterschiedlich sind, kommen die beiden prima miteinander klar. Isabelle hat den Ehrgeiz, Jakobs Französisch aufzubessern, jeden Tag gibt es kleine Übungseinheiten und Jakob muss sogar schriftliche Aufgaben lösen. Isabelle hat alles dabei in ihren unzähligen Koffern und Taschen verschiedenster Größe. Sogar zwei gebügelte Hemden und eine Bügelfaltenhose von ihrem Mann fürs Abendessen und die Promenade an Deck. Sie muss jedes Mal lachen, wenn sie Jakobs Rucksack sieht und fragt immer wieder ungläubig: „Und da ist alles drin, was du zum Leben brauchst?" Auf jeden Fall möchte sie, dass er neben ihr nicht abgerissen aussieht, weil: „Das fällt doch immer auf die Frau zurück!" Zum Glück hat sie Frau gesagt, nicht Mutter.

Aber dieses Bemuttern und Verwöhnen genießt er auch ein wenig, sie ist dabei sehr dezent und wird nie übergriffig. Selbst als sie einmal ziemlich betrunken vom Dinner in die Kabine stolpern und er sie stützen muss, damit sie nicht hinfällt, gibt sie ihm brav die drei Gutenachtküsse, einen rechts, einen links und den letzten auf den Mund, sagt: „Merci, chérie!" und verschwindet so aufrecht, wie es ihr möglich ist, in Richtung Bad und Bett. Sie haben ein „grand lit", ein Doppelbett mit einer großen Decke. Jakob hat am Anfang angeboten, sich im kleinen hinteren Raum der für ein Frachtschiff äußerst luxuriösen Kabine, die bestimmt nicht billig war, ein Lager zu errichten. Aber das wollte Isabell auf keinen Fall zulassen, er sollte „anständig schlafen" können. Natürlich „jeder auf seiner Seite". Das klappt in dieser Nacht zum ersten Mal nicht so ganz. Als er unter die Decke kriecht, kuschelt sich Isabelle ganz dicht an ihn und er genießt die Berührung.

Am nächsten Tag verliert sie kein Wort darüber, eine echte Dame. Auch über ihren Mann verliert sie, abgesehen von den klärenden Sätzen am ersten Tag, nie ein schlechtes Wort. Bestimmte persönliche Dinge klammert sie einfach aus, vielleicht aus Anstand. Trotzdem unterhält er sich gerne mit ihr und spürt bei ihr ein lebendiges Interesse an dem, was er aus seinem Leben erzählt. Obwohl sie aus ganz anderen, vermutlich großbürgerlichen Verhältnissen kommt, hat sie keinen Dünkel. Eher hat er manchmal das Gefühl, sie entdeckt bei dem, was Jakob erzählt, Dinge, die sie selbst vielleicht in ihrem Leben vermisst hat. Sie fragt immer wieder nach, wie das denn mit der Dreiecksbeziehung geklappt habe und will alles über Stella und David erfahren, auch über die beiden Mädchen. Sie sagt es nicht, aber er spürt, dass sie selbst gerne Kinder gehabt hätte. Genauso spürt er, dass ihr Mann vermutlich Affären hatte, und sie sich nun fragt, warum sie sich selbst so etwas nie zugestanden hat.

Jakob genießt die Schiffspassage, er hätte nie gedacht, dass man auf einem Frachtschiff so bequem reisen und auch so lecker essen kann. Der Koch ist Italiener, jeden Abend gibt es die verschiedensten Köstlichkeiten und immer hervorragenden Wein. Isabelle ist sehr kontaktfreudig und bald auf Du und Du mit dem Kapitän, dem Koch und dem ersten Steward. Sie bekommen immer den besten Platz, einen großen Aperitif, den besten Wein und öfter auch kleine Extra-Leckerbissen als Gruß aus der Küche. Jakob genießt es einfach, nach Strich und Faden verwöhnt zu werden. Bei den Gesprächen mit Isabelle an oder unter Deck merkt er, dass sich manche Dinge aus seinem vergangenen Leben schon anfangen zu entknoten. Allein dadurch, dass er darüber mit jemanden redet. Isabelle erzählt weniger von sich, aber er hat das Gefühl, dass sie davon profitiert, ein Stück an seinem Leben teilnehmen zu können. Eine ungewohnte Rollenverteilung für ihn. Er ist sonst meistens der große Zuhörer und Versteher. Isabelle schafft es, ihn zum Reden zu bringen.

Während Jakob immer weitererzählt, merkt er plötzlich, dass die Frauen neben ihm beide sanft eingeschlafen sind und seine Geschichte jetzt vermutlich weiterträumen. Wie lange wohl schon? Er schaut auf die Uhr. Es ist drei

Uhr nachts, kein Wunder, dass alles schläft, einer wacht! Sanft streicht er Yeşim die schwarzen Haare aus dem Gesicht. Sie lächelt wie im Traum und schläft weiter. Er nimmt sie sacht in seine Arme und trägt sie ins Bett. Auf welcher Seite sie wohl schläft? Egal, er deckt sie zu und küsst sie sacht. Wieder lächelt sie wie im Traum, seufzt auf und atmet dann wieder langsam und gleichmäßig. Jetzt holt er Madita. Wie schön sie aussieht, wie ein Engel! Er trägt sie vorsichtig hinüber ins Bett auf die andere Seite und deckt auch sie zu. Er sieht beide nochmal an, wie sie dort so friedlich nebeneinander liegen. Ein wunderschönes Bild. Yeşim, die dunkle Schönheit und die erwachsen gewordene Madita, die mit ihren blonden Locken der jungen Stella so ähnlich sieht, dass es ihm das Herz bricht. Er kann sich kaum lösen von diesem Anblick. Leise zieht er die Tür hinter sich zu und streckt sich auf dem Sofa im Wohnzimmer aus.

Zu Hause

Als er am Morgen aufwacht, sind beide Frauen schon aus dem Haus. Der Frühstückstisch ist für ihn gedeckt, Kaffee gekocht. Jakob streckt sich wohlig. Schön, nach Hause zu kommen! Vor allem, wenn man dort nicht alleine ist! Er weiß nicht, wann die beiden wiederauftauchen werden, kauft aber alles für ein Festessen am Abend ein. Er möchte sich als Gastgeber revanchieren, eine seltsame Rolle. Er befindet sich in seiner Wohnung und möchte Gäste verwöhnen, gleichzeitig ist er aber

Gast in dieser Wohnung. Egal, es ist nicht das Einzige, das ihn verwirrt. Als er die beiden jungen Frauen ins Bett gebracht hat gestern Nacht, hat er gespürt, wie sein Herz nicht schlug, sondern wild trommelte. Spielen jetzt die Hormone verrückt? Er war darauf vorbereitet, Stella und David wiederzusehen, als er nach Köln zurückkehrte. Stattdessen hat er seine ehemalige Referendarin und Stellas hübsche Tochter vorgefunden. Seine Gefühle verwirren ihn. Was passiert hier eigentlich mit ihm?

Madita hat ihm ein Zettelchen hingelegt mit Davids Telefonnummer in Bonn. Er hatte darum gebeten, hat aber noch nicht den Impuls, zum Telefon zu greifen. Nur nichts überstürzen! Stella ist unterwegs, die kann er nicht erreichen. Er hat ein bisschen Angst vor der Begegnung mit ihr, merkt, dass es ihn fast erleichtert, dass sie fort ist. Er weiß nicht, was mit ihm geschehen würde, wenn sie hier wäre. Wahrscheinlich wäre sein Gefühlshaushalt dann komplett verdreht.

Wenn er in den langen Gesprächen mit Isabelle und anderen während seiner Reise etwas gelernt hat aus seiner Vergangenheit, dann das: Er möchte sich nicht noch einmal so abhängig machen von einer Frau wie von Stella. Er hat sich in den drei Jahren innerlich von ihr gelöst, so dass er sich auch auf andere Frauen einlassen kann. Das hat anfangs nicht besonders gut geklappt. Mit der Zeit wurde es aber dadurch etwas besser, wenn es ganz bewusst flüchtige Begegnungen waren. *Stella ist passé, ich suche keine perfekte Traumfrau, als die ich Stella immer gesehen habe, die sie aber vermutlich niemals war. Ich stelle keine Vergleiche an. Ich bin offen für Begegnungen, wenn sie sich ergeben, nicht für Beziehungen. Meine Gefühlswelt soll bunter und unkomplizierter werden, bitte keine neuen Knoten mehr.*

Während der Jahre in Südamerika war er immer wieder auch alleine und hatte viel Zeit zum Nachdenken. So ähnlich, wie er sich bei Stella völlig festgefahren hatte und nicht mehr weiterwusste, war es auch in der Schule. Es war einfach nicht mehr seine Schule, er konnte vieles, was seine Kollegen taten, nicht länger nachvollziehen und wollte es vielleicht auch nicht. Vieles lief in seinen Augen in die falsche Richtung, er fühlte sich überrollt wie von einer Lawine, unfähig, etwas dagegen zu tun. Und stillhalten und warten, bis alles vorbei war, wollte er auch nicht. Konferenzen wurden für ihn zum Albtraum, der einzige Ort, wo er sich in der Schule zu Hause fühlte, war sein Klassenraum, allein mit den Schülern, der letzte Ort, an den er sich zurückziehen konnte.

Andere Kollegen mit ähnlichen Symptomen ließen sich dauerkrankschreiben und versuchten, mit Aufenthalten in Burn-out-Kliniken wieder Fuß zu fassen. Für ihn war das kein Weg. Er musste weg und sich in fremder Umgebung selbst suchen. *Hab ich mich gefunden?* überlegt er, während er den zweiten Kaffee trinkt. Es ist ein bisschen wie bei einer Zwiebel. Wenn man unter eine Schale schaut, ist da schon die nächste. Aber er hat unter viele Schalen geguckt, er hat viel entdeckt und schließlich auch den Impuls gehabt, es jetzt noch einmal am Heimatort zu versuchen. Heimat, ein schönes Wort, wenn man so lange in der Fremde war. Es gab zwischendurch immer mal wieder Orte, wo er gedacht hat: *Hier könntest du dich länger niederlassen. Hier ist es friedlich und schön.* Das hing oft weniger von den Orten selbst, als vielmehr von den Menschen ab, mit denen er es dort zu tun hatte.

Auch das ist eine Erkenntnis seiner langen Reise. Er hat etliche wunderbare Orte besucht, traumhafte Strände, romantische Täler, verträumte Idyllen, Dörfer wie aus dem Bilderbuch. Das war ein ästhetischer Genuss, er hat sie aus Ermangelung eines Fotoapparats mit seinem inneren Auge festgehalten und abgespeichert. Trotzdem blieben diese Orte fremd für ihn und er selbst ein Besucher, der den Anblick genießt, ein Tourist, der schöne Ausblicke sammelt. Sehnsucht verspürt er nur zu den Orten, an denen er Menschen kennengelernt hat, die sein Herz berührt haben. Das waren zum Teil ganz unspektakuläre Orte, sie wurden ein kleines Stück Heimat für ihn durch diese Menschen. Die Begegnungen waren es, die seine Reise besonders gemacht haben. Die Begegnungen sind es, die er in seiner Erinnerung behalten wird. Anstelle von Stella, Stella, Stella sind viele wunderbare neue Menschen getreten, die ihn zukünftig begleiten werden, auch wenn sie weit weg leben.

Umberto und Isabelle wird er nicht vergessen, auch Carlos nicht, den er in Argentinien traf mit seinem Motorrad. Er wollte die ganze Strecke fahren, die Che Guevara damals gefahren ist, als junger Arzt, bevor er zum Revolutionär wurde. Jakob bat ihn, ob er ihn ein Stückchen mitnehmen könnte. Sie verstanden sich auf Anhieb so prächtig, dass sie schließlich die ganze Tour zu zweit machten. Den ersten Teil der Strecke, die Che damals zurücklegte, die komplette argentinische Küste hinunter bis Feuerland und dann auf der anderen, chilenischen Seite wieder hinauf bis zur peruanischen Grenze, insgesamt mehr als 6000 Kilometer. Carlos wollte Medizin studieren, so wie Che damals, aber er musste auf einen Studienplatz warten und hatte, nachdem er das Roadmovie *Die Reise des jungen Che* gesehen hatte, beschlossen, die Wartezeit zu nutzen.

Seine Freunde hielten die Idee für völlig abgedreht, seine Freundin drohte ihm an, sie werde sich einen anderen suchen, wenn er zu lange wegblieb. Da kam Jakob gerade recht, der Lust auf Abenteuer hatte und nur kleines Gepäck dabei.

Carlos brachte Jakob Spanisch bei, Jakob revanchierte sich mit Deutsch, denn Carlos wollte später einmal nach Deutschland kommen, wo sein Onkel lebt. Die schnelle Verständigung lief auf Englisch, wenn sie Zeit hatten, und davon gab es jede Menge, versuchten sie sich auf Deutsch und Spanisch zu unterhalten. Das war oft amüsant und funktionierte mit den Wochen immer besser. Je weiter sie nach Süden kamen, desto einsamer wurde die Piste und desto kleiner und abgelegener die Ortschaften am Wege. Grundsätzlich dachten die Leute immer, da wären Vater und Sohn unterwegs, eine Zeitlang machte es den beiden Spaß, sie in diesem Glauben zu bestärken. Der deutsche Vater und sein argentinischer Sohn zusammen auf einer Maschine.

Ja, ein Stück weit gefiel Jakob diese Vorstellung, solch einen großartigen Sohn zu haben. Nur die Rollenverteilung passte nicht ganz, denn der Sohn organisierte alles, improvisierte, verhandelte, während der Vater sich diskret im Hintergrund hielt. Auch bei den Frauengeschichten. Carlos war charmant, gebildet, witzig, hübsch mit seinen schwarzen Locken, und hatte es eigentlich nicht nötig, als Macho aufzutreten. Aber sobald Frauen ins Spiel kamen, fiel er in diese unsägliche Machorolle, er baggerte jede hübsche Frau an, ohne nachzudenken. Genauso schnell ließ er die eine fallen, wenn eine andere auftauchte. Als ob er sich selbst beweisen musste, dass er alle kriegen konnte. Dabei wollte er die meisten gar nicht, aber da hatte er sich schon an sie herangeschmissen.

Jakob blieb dann oft die väterliche Rolle, Mädchen zu trösten, die sein Adoptivsohn auf Zeit ebenso schnell sitzengelassen wie zuvor erobert hatte. Mit Carlos darüber zu reden hatte keinen Sinn, der lachte dann nur. Vielleicht gehörte das zu seiner Sozialisation, dass er den Zwiespalt zwischen seinem normalen Verhalten und dem Macho-Gehabe gar nicht spürte? Irgendwann gab Jakob es auf, mit ihm darüber zu streiten oder zu diskutieren und genoss die Gespräche mit den abgewiesenen Mädchen, auch dadurch verbesserte sich sein Alltags-Spanisch. Einmal, in einer kleinen Bar am Ende der Welt in Chile, wurden sie von einer wunderschönen, hellbraunen Frau in Jakobs Altersklasse bedient. Carlos fielen fast die Augen aus dem Kopf, aber Jakob merkte, wie er sich stark zusammenriss, wohl, weil er meinte, das wäre jetzt wohl Jakobs Revier.

Jakob fand die Situation amüsant, gleichzeitig prickelte es. Ein bisschen flirten wollte er wohl, aber doch nicht vor den Augen seines Adoptivsohns! Der hielt sich tapfer weiterhin extrem zurück; nur manchmal knuffte er ihn in die Seite, als wollte er sagen, nun mach mal hin, sonst wird das heute nichts mehr! Schließlich sagte Carlos, er müsse am Motorrad etwas einstellen, das würde wohl eine Weile dauern, und ließ ihn allein am Tresen zurück. Jakob fragte die Schöne, ob er ihr einen Wein spendieren dürfte, dann könnten sie einen zusammen trinken. Sie lachte und erklärte ihm, dass ihr der Laden gehört, brachte aber zwei Gläser mit dem besten Rotwein mit und prostete ihm zu. Es war sonst nicht viel los, so fragte sie ihn das Übliche und er erzählte von seiner Reise, so gut oder schlecht, wie ihm das auf Spanisch gelang. Sie fragte oft nach, wollte alle Länder und Orte wissen, wo er gewesen war. Und dann kam das unvermeidliche: *Und wo war es am Schönsten?*

Da fasste sich Jakob ein Herz, schaute ihr tief in die Augen und sagte: *Hier, bei dir!* Trotz ihres bronzefarbenen Teints konnte er sehen, wie sie errötete, sie wendete sich ab, holte die Flasche mit Pisco und zwei kleine Gläser, schenkte ein und sagte ein chilenisches Sprichwort, das sie ihm erklärte, bevor sie tranken: *Wenn man nicht weiß, was man sagen soll, muss man trinken!* Nach dem zweiten Schnaps fragte er, wo man hier im Ort übernachten könne. Sie lachte wieder, schaute ihn mit ihren großen Augen an und sagte: *Nirgendwo!* Als er schon antworten wollte, fügte sie noch hinzu: *Außer bei mir! Ich habe ein Gästezimmer für deinen Sohn!* Er wollte gerade fragen: *Und ich?* Aber sie stoppte ihn gerade rechtzeitig, indem sie erst den Zeigefinger auf ihren Mund legte und anschließend auf seinen und dabei *Pssst!* machte und vergnügt lächelte.

In dieser Nacht lernte er Francisca näher kennen und genoss es in vollen Zügen. Sie wusste genau, was sie wollte und was nicht, schlafen auf jeden Fall nicht. Sie verriet ihm auch nicht, ob sie verheiratet sei oder Kinder habe. Wenn er solche Fragen stellte, verschloss sie mit dem Zeigefinger seinen Mund und machte: *Pssst!* Sie wollte auch am nächsten Morgen nicht, dass er blieb, sagte: *Sonst verliebe ich mich noch und das wäre nicht gut!* Sie machte beiden ein ordentliches Frühstück, küsste Jakob zum Abschied noch einmal lange und winkte ihnen hinterher, während sie auf der staubigen Küstenstraße weiter Richtung Norden fuhren.

Carlos freute sich wie ein Schneekönig über seinen Ersatzvater, klopfte ihm vor Begeisterung stolz auf die Schulter und gratulierte ihm: *Das hast du gut gemacht, Jakob! Die schönste Frau in ganz Chile, und du hast sie bekommen!* Jakob hing während der Fahrt im Wind seinen Gedanken nach und seiner Erinnerung an ein gottverlassenes Nest am Ende der Welt, das für alle Zeiten durch Francisca geadelt sein würde.

Hinter der peruanischen Grenze trennten sich ihre Wege. Carlos musste zurück nach Hause, Jakob wollte nach Bolivien, er hatte eine Adresse in La Paz und fuhr mit den klapprigen, völlig überfüllten Überlandbussen hinauf in die Berge. La Paz gefiel ihm auf Anhieb. Eine große Stadt, aber wunderschön gelegen zwischen den Bergen und sehr friedlich. So wirkte es zumindest auf ihn. Kaum vorstellbar, was diese Stadt schon an Militärputsch und Gewalt erleben musste. Sonniges, mildes Wetter, freundliche Menschen, fröhliche Kinder. Ein buntes Durcheinander in den Straßen. Etwa zwei Wochen brauchte er, bis er sich an die extreme Höhe gewöhnt hatte, dann revoltierte sein Kreislauf und besonders sein Magen nicht mehr. Etwas kurzatmig blieb er trotzdem in 4000 Meter Höhe.

In der deutschen Schule von La Paz arbeitete er fünf Monate als Deutsch- und Musiklehrer. Eine schöne Erfahrung für ihn, Schule ganz anders kennen zu lernen. Durch den Kontakt mit den Kindern verbesserte er sein Spanisch enorm, mit vielen Kollegen sprach er Deutsch. Auch das war fast wie nach Hause kommen, in der eigenen Sprache reden und verstanden werden, ohne nach Wörtern suchen zu müssen. Der Schulleiter bot ihm an, sich für ihn einzusetzen, damit er länger bleiben könne und mehr verdienen könne als das Taschengeld einer Aushilfe. Aber Jakob war dieses Taschengeld gerade recht, er konnte seine Reisekasse etwas auffüllen, das reichte ihm.

Die Kollegen nahmen ihn schnell in ihre Mitte, luden ihn ein zu sich nach Hause, sodass er sich in La Paz bald gut auskannte. Seine österreichische Musikkollegin Silvia tat sich dabei besonders hervor, sie war jünger als er, sehr attraktiv, aber Jakob wollte sich auf keinen Fall auf eine Beziehung einlassen. Sie spielte Flöte und hatte eine samtige Altstimme. Sie trafen sich zum Musikmachen bei ihr in der Wohnung und probierten südamerikanische Lieder aus, Songs von früher zur Gitarre, Klassikduos, alles bunt durcheinander. Als er spätabends gehen wollte, bat sie ihn, noch ein wenig zu bleiben: „Wir haben stundenlang Musik gemacht zusammen und uns gut verstanden, aber ich habe den Eindruck, wenn es nicht um Musik geht, machst du dicht. Wovor hast du Angst?"

Jakob erklärte ihr so gut es ging, dass es nichts mit ihr zu tun hätte. Er wolle einfach keine Beziehung anfangen, er hätte noch genug damit zu tun, seine Vergangenheit zu entknoten. Sie erzählte ihm in ihrem schönen, österreichischen Dialekt, dass es ihr ganz ähnlich ginge. Sie habe die zwei Jahre Auslandsschule gewählt, um möglichst weit weg zu kommen von ihrer gescheiterten Ehe in Linz. Aber mit der Zeit würde sie sich doch einsam fühlen. Sie hätte kurze Techtelmechtel gehabt mit attraktiven Südamerikanern, aber sie stehe so gar nicht auf Machos, dadurch sei die Auswahl hier etwas begrenzt. Sie suche keinesfalls eine neue, feste Beziehung, sie wolle einfach mal wieder neben einem netten, nicht machohaften

Mann einschlafen, mehr nicht. Und da sei er genau der Richtige, oder etwa nicht?

Jakob lachte. Das klang gut, ein faires Angebot. Sie tranken den chilenischen Rotwein aus und kletterten dann in Silvias großes Himmelbett. Dort verhandelten sie mindestens eine Stunde lang die Spielregeln, was nun erlaubt und was auf jeden Fall streng verboten sei. Das war ein herrlich lustiges, dann zunehmend lustvolles und spannendes Spiel mit einem sehr entspannenden Finale. Jakob konnte sich nicht erinnern, dass er jemals so viel gelacht hatte mit einer Frau im Bett wie mit dieser Österreicherin. Besonders lustig waren die Dialektausdrücke, die sie benutzte. Unter solchen Ausdrücken wie Gspusi, pudelnackert, Dutteln und schnackseln konnte er sich noch etwas vorstellen, aber dass sie keine Trutscherl war und wo bei ihm das Spatzi saß, das musste sie ihm erst zeigen. Er liebte diese herrliche Frau mit ihrer lustigen Sprache. Mitten in Bolivien fühlte er sich bei einer Österreicherin zu Hause.

Trio infernale

Madita sitzt im Seminar an der Uni und ist abgelenkt. Eigentlich ist das Thema spannend. Es geht um die Schattenseiten der neuen pädagogischen Methoden. Der Dozent hat provokante Texte verteilt. *Nahezu alles, was die moderne Schulpädagogik für fortschrittlich hält, benachteiligt die Kinder aus bildungsfernem Milieu. Zu frühe Eigenverantwortlichkeit, zu viel selbst gesteuertes Lernen, zu oft un-*

strukturierte Gruppenarbeit überfordert gerade die schwächeren Schüler. Während leistungsstarke Schüler mit allen Lehrstilen zurechtkommen, zur Not mit Unterstützung der Eltern, brauchen sozial benachteiligte Kinder einen direkt anleitenden, ermutigenden Unterricht. Mit selbstverantwortlichem Lernen überlässt man sie sich selbst, und das ist das Gegenteil von „Kein Kind zurücklassen!" Es wird leidenschaftlich diskutiert über den Sinn und Unsinn von eigenverantwortlichem Lernen, Gruppenarbeit, Hausaufgabenverbot, Sitzanordnungen. Sie probieren einiges aus. Wie fühlt sich das an, wenn ich am Gruppentisch sitze und mich jedes Mal drehen muss, wenn ich nach vorne schauen will? Welche anderen Möglichkeiten gibt es?

Madita hat das Gefühl, dass sie hier ganz wichtige und entscheidende Dinge lernen kann. Aber trotzdem ist sie mit ihren Gedanken immer wieder bei Jakob. Sie denkt: *Was würde Jakob dazu sagen? Würde er das gut finden? Ist es das, was ihn damals so aufgeregt hat in seiner Schule? Wäre er froh, dass diese Themen hier so offen und kontrovers diskutiert werden können? Hat ihn das so mürbegemacht, dass ihn keiner verstand damals? Heißt fortschrittlich gar nicht automatisch besser? Kann Fortschritt auch Rückschritt sein?*

„Methoden dürfen niemals ideologisch vor- und festgeschrieben werden, weder von Schul-, Abteilungs- noch Seminarleitern! Methoden sind Werkzeuge, die nur dann nützlich sind, wenn sie zum Thema, zur Situation und zu allen Teilnehmern passen und gute Ergebnisse bringen. Das Ergebnis am Ende ist entscheidend, nicht der Weg wie ich dahin komme! Das ist in vielen Ländern eine Binsenwahrheit, die in Deutschland seit Jahrzehnten konsequent missachtet wird!" sagt gerade der Dozent in seinem abschließenden Resümee. Da wäre Jakob jetzt vielleicht aufgestanden und hätte geklatscht.

Schade, dass er nicht neben ihr sitzt. Diese ganzen verpickelten und gestylten Jüngelchen hier sagen ihr nämlich überhaupt nicht zu. Einige wohnen noch zu Hause bei Mama, so sehen sie auch aus, wie aus dem Ei gepellt, und so reden sie auch. Von nichts irgendeine Ahnung, aber zu jedem Thema Sprechblasen produzieren. Furchtbar! Wenn man im Seminar den Schwachsinn, den sie von sich geben, mal kritisch hinterfragt, gucken sie so, als wollten sie gleich nach Hause rennen und sich bei Muttern ausheulen. Solche Typen gibt es bei den Mädchen natürlich auch. Schreiben oder tippen sich die Finger wund, als müssten sie jedes Wort mitstenographieren, das aus dem Mund des Meisters kommt. Und melden sich dann und wiederholen noch einmal die letzten Aussagen, als Frage verkleidet. Nach dem Motto: *Ich habe aufgepasst und alles mitgeschrieben, ist das auch richtig so?* Grauenhaft!

Natürlich gibt es auch vernünftige Kommilitonen, aber im Moment will sie nur, dass Jakob hier ist, neben ihr. Als väterlicher Freund? Als Vertrauter? Als zweiter Vater? Ja, irgendetwas in dieser Richtung. Er ist ja eigentlich so eine Art Onkel, hat sie als Baby in seinen Armen gehalten. Es wäre einfach schön, wenn er bleiben würde. Bei Yeşim und ihr. Yeşim ist verliebt in ihn, obwohl er ihr Vater sein könnte. Sie auch? Nein, Madita mag ihn sehr und hatte sofort, als er ankam, ein ganz warmes und vertrautes Gefühl, wie sonst nur bei ihren Eltern.

Madita hat beim Träumen gar nicht richtig mitbekommen, dass der Seminarraum sich inzwischen vollständig geleert hat. Der Dozent packt die letzten Sachen in seine

Tasche und fragt beim Hinausgehen: „Hat's dir gefallen, Madita? Du lächelst so still vor dich hin!"

„Oh, das hatte gerade andere Gründe. Aber das Thema heute war super. Damit kann ich sehr viel anfangen!"

„Danke, vergiss es nicht. Es wird später vielleicht mal wichtig, wenn du in der Schule bist. Bis morgen!"

Auch Yeşim ist heute ziemlich abgelenkt im Unterricht. Sie muss immer wieder an gestern Abend denken und an Jakob. Als ein Schüler sagt: „Ich habe den Eindruck, Sie haben mir gar nicht zugehört!" entschuldigt sie sich bei der Klasse. Die Schüler haben Verständnis dafür, dass ihre nette Lehrerin mal mit den Gedanken woanders ist, auch wenn sie natürlich nicht verrät, wo sie ist. Manches pubertierende Mädchen grinst süffisant und denkt sich seinen Teil, einige Jungs starren Yeşim mit großen Augen an und man kann förmlich sehen, was sie denken: *Hoffentlich hat sie an mich gedacht!* Sie muss sich immer wieder zusammenreißen, um nicht mit den Gedanken abzutauchen. Zu Jakob. Wie schön, dass er wieder da ist. Sie hat es immer gehofft, aber als es klingelte, hat sie es gewusst.

Wie wird das jetzt zu dritt? Die Wohnung ist auf Dauer zu klein für drei. Aber es wäre so schön, wenn Jakob bliebe. Aber sie möchte auch weiter mit Madita zusammen sein. Madita tut ihr gut, sie bringt Sonne und gute Laune in ihr Leben. Es ist, als ob sie eine Schwester hat, mit der sie alles teilen kann. So eine hat sie sich immer gewünscht. Aber natürlich wird jetzt alles ein bisschen komplizierter. Das müssen sie in Ruhe mit Jakob zusammen besprechen, wenn er genug von Südamerika erzählt hat. Yeşim freut sich auf den Abend zu Hause.

Als Yeşim am frühen Abend nach Hause kommt, riecht es schon im Flur nach Braten und Wein. Sie schnuppert und ruft „Merhaba!" während sie die Schuhe und den Mantel auszieht. Aus der Küche dringt Radiomusik und Jakob singt dazu, während er die Kartoffelklöße knetet, deshalb hat er sie nicht gehört. Sie küßt ihn rechts, links und dann mitten auf den Mund. Das kommt ihm bekannt vor. Er grinst. Den ganzen Tag war er mit seinem Kopf halb in Südamerika und jetzt gerade vermischen sich in seinem Kopf die Bilder seiner Frauen. „Hola, chica bonita!" sagt er galant und knetet weiter. Yeşim beschwert sich: „Du hast gerade an jemand anderes gedacht, als ich dich geküsst habe. Ich spüre sowas!"

„Oh Mist, du hast es gemerkt. Ich bin schon ein bisschen beschwipst, und das war ich damals auch, als ich derart geküsst wurde, rechts, links, Mitte. Excuse-moi, mit dir kann es natürlich keine andere Frau aufnehmen!"

„Ach ja? Meinst du, du kommst mir jetzt so billig davon? Ich habe den ganzen Tag in der Schule an nichts anderes gedacht als an diesen Kuss, die Schüler haben mich schon seltsam angeguckt. Und dann komme ich nach Hause und der Herr denkt an andere Frauen, während ich ihn leidenschaftlich küsse! Pah!"

„Das tut mir wirklich leid, aber ich hatte den Eindruck, du suchst noch ein wenig, w o du deine Leidenschaft genau platzieren sollst! Komm, probier's bitte nochmal, ich denke jetzt nur noch an dich!"

Er macht einen Kussmund, kann aber seine Hände nicht zur Hilfe nehmen, denn die sind voller Kloßteig. Sie schüttelt den Kopf und rennt aus der Küche in den Flur, er mit klebrigen Fingern hinterher. In diesem Augenblick öffnet Madita die Haustür und starrt fassungslos auf das Schauspiel: „Was führt ihr denn hier auf, wenn ich fragen darf?"

Yeşim ruft: „Ich laufe vor dem fiesen Monster davon, das mich mit Kloßteig beschmieren will. Igitt!"

Jakob kontert: „Die spinnt, deine Freundin! Du darfst uns nicht alleine lassen, dann geht sie einem direkt an den Kragen!"

Yeşim schreit aus dem Wohnzimmer: „Das möchtest du wohl gerne, du Kloß-Lüstling!"

„Genau, du hast mich durchschaut. Leider habe ich meine Hände nicht frei, sonst würde ich dir ein wenig Anstand beibringen und dein freches Mundwerk stopfen!"

Madita hat sich inzwischen kopfschüttelnd in die Küche begeben und das Kloßwasser kleiner gestellt, das auf dem Herd munter vor sich hin sprudelt. Sie ruft: „Chef de cuisine, soll ich die Klöße reinwerfen?"

„Gerne, Mademoiselle!" antwortet er, wäscht seine Hände und küsst sie rechts links rechts: „Bonsoir und willkommen im Restaurant Coq au vin. Im Wohnzimmer ist bereits alles eingedeckt. Die Kleinigkeiten hier mache ich eben fertig. Wenn Sie sich drüben platzieren, bringe ich schon den Aperitif!"

„Das hört sich gut an. Dann leiste ich mal dem frechen Gör Gesellschaft!"

„Pass auf, ihr ist heute alles zuzutrauen!"

„Hört sich gut an!"

Lächelnd verschwindet Madita aus der Küche. Im Wohnzimmer sieht es gemütlich aus. Jakob hat schön gedeckt, sogar mit Servietten. „Jetzt fehlt nur noch eine schöne Kerze!" sagt Madita.

„Jetzt fehlt nur noch, dass du mich wenigstens anständig begrüsst, wenn schon Jakob nur an Klöße und andere Frauen denkt!"

Madita umarmt sie, lacht, guckt Yeşim verschwörerisch an, rollt theatralisch die Augen und sagt: „Mach dir nichts draus, habiti. Du weißt doch, Männer!"

Als Jakob mit dem Aperitif und dem Gruß aus der Küche hereinkommt, erheben die beiden sich schnell vom Sofa und setzen sich kichernd an die festliche Tafel. Sie loben Jakob für den tollen Service und prosten ihm zu, während er nochmal schnell in die Küche muss. Hahn, Klöße und Wein sind ein Genuss und die Stimmung bei Tisch wird immer ausgelassener. „Wir stellen dich als Koch ein, Jakob!" kichert Madita.

Yeşim ruft: „Au ja! Am Tag kaufst du ein, machst den Haushalt, wischt und saugst ein bisschen hier und da und denkst dabei an deine ganzen Frauen in Südamerika, aber wenn wir am frühen Abend zurückkommen, steht das Essen bereit und du konzentrierst dich voll und ganz auf uns, Senhor!"

„Eine reizvolle Vorstellung, besonders, was den Abend betrifft!" sagt Jakob und erhebt sein Rotweinglas: „Aber es kann nicht jeden Abend solch ein Essen geben, Senhoritas, es sei denn, wir gewinnen im Lotto!"

„Du sollst dir ja auch jeden Abend was anderes einfallen lassen!" fällt Madita ein.

„Meinst du essenstechnisch?" fragt Jakob auffallend begriffsstutzig.

„Natürlich, was denn sonst?" antwortet Madita verwirrt, während Yeşim ihn mit dem Fuß vors Schienbein tritt und den Kopf schüttelt.

„Schon schlägt sie mich wieder!" beschwert sich Jakob.

„Weil du unmöglich bist! Du warst zu lange mit diesem südamerikanischen Macho zusammen, wie hieß er doch gleich?"

„Carlos. Gegen den bin ich ein Waisenknabe!"

„Alles klar. Fragt sich nur, aus welchem Waisenhaus!"

Nach dem gemeinsamen Abwasch, bei dem fast die ganze Küche unter Wasser gesetzt und ständig gefrotzelt und gekichert wird, kuscheln sich alle drei eng nebeneinander aufs Sofa und trinken die letzte Rotweinflasche auf. Jakob soll von Südamerika weitererzählen, speziell von den Frauen. Er spielt das Ganze herunter, aber die Mädels lassen einfach nicht locker. Sie wollen genau wissen, wie diese Frauen aussahen, was ihm besonders gut an ihnen gefallen hat und was nicht. Jakob ist schon ziemlich betütert, bleibt manchmal an Wörtern hängen oder kommt ins Stolpern. Er beschwert sich: „Das ist ja schlimmer mit euch als beim Interview mit einer Frauenzeitschrift!"

„Na, nu stell dich mal nicht so an, die richtig intimen Fragen haben wir ja noch gar nicht gestellt."

„Darüber bin ich aber auch sehr froh! Wenn die Worte versagen, muss man trinken!" Jakob schüttet sich den letzten Rest Wein in sein Glas.

„Wo hast du denn diesen Spruch her?" will Madita wissen.

„Von Francisca. Alte peruanische Spruchweisheit. Vielleicht sogar indianisch."

Yeşim mischt sich wieder ein: „Ich kann mir durchaus auch noch andere Dinge vorstellen, die man tun kann, wenn die Worte fehlen."

„Ach ja? Und an was denkst du da?"

„Das möchtest du gerne wissen, du Kloß-Lüstling!"

207

Madita muss prusten und verteilt dabei den Wein, den sie schon im Mund hatte, auf ihre Umgebung. Während sie aufspringt, um ein feuchtes Tuch und die Küchenrolle zu holen, stolpert Jakob bei dem Versuch, vom Sofa aufzustehen, über seine eigenen Latschen und murmelt: „Ich glaube, ich muss ins Bett!"

„Das wird das Beste sein, ehe hier noch mehr getorkelt und gekleckert wird. Aber du schläfst doch auf dem Sofa?"

„Heute will ich in ein richtiges Bett!"

Während Madita wischt und trocknet, zieht Yeşim den erstaunten Jakob hinter sich her ins Schlafzimmer und ruft Madita zu: „Ich muss mal eben ein paar Minuten mit Jakob etwas klären!"

Madita wundert sich und fragt: „Soll ich dann schon mal das Sofa für mich beziehen?"

„Nein, nein, so ist das nicht gemeint, habiti!"

Jakob wundert sich, was jetzt wohl kommt und setzt sich auf die Bettkante. Wie selbstbewusst und kess seine kleine Referendarin geworden ist! Yeşim setzt sich neben ihn, aber mit etwas Abstand, so dass sie ihm beim Reden in die Augen schauen kann, und beginnt:

„Hör mal, Jakob, wir haben alle etwas zu viel getrunken, du am meisten, glaube ich, und ich möchte mit dir etwas klären, bevor du Dinge tust, die du nicht mehr rückgängig machen kannst. Ich finde die Idee, zu dritt im Bett zu kuscheln, sehr reizvoll, und du hast gemerkt, dass ich Madita sehr gern habe. Dich übrigens auch, sonst wäre ich gar nicht erst auf die Suche nach dir gegangen. Und jetzt, wo du dich drei Jahre lang draußen in der Welt herumgetrieben hast, bist du sogar noch mehr zum Verlieben. Du bist offener und lockerer geworden als vor vielen Jahren, als ich mich in dich verliebt habe. Hast du das eigentlich damals gemerkt?"

„Ich glaube nicht, leider! Ich fand dich toll, zum Anbeißen, aber ich war dein Mentor, Jahrzehnte älter, und du warst meine Referendarin, hattest einen Freund. Nee, das habe ich nicht geahnt."

„Das habe ich mir gedacht. So, pass auf, bevor ich dir die Frage stelle, die vielleicht manches verändert. Ich würde total gerne mit dir zusammen schlafen, so oder so, ich würde auch gerne mit dir zusammenleben, oder einfach nur eine kleine Affäre haben und dann wieder verschwinden, wie du willst, das findet sich alles. Aber es geht um meine Freundin Madita. Als ich zum ersten Mal hier geklingelt habe und sie die Tür aufgemacht hat, habe ich spontan gedacht: Das ist Jakobs Tochter! Sie ähnelt dir! Bist du dir eigentlich sicher, dass sie nicht deine Tochter ist?"
Jakob ist leichenblass geworden und nicht imstande, etwas zu sagen. Er versucht es, aber es kommt nur unverständliches Gestammel heraus.

„Ich meine, hast du das nie bemerkt? Oder Stella?"

Jakob zittert, rechnet irgendetwas mit seinen Fingern, ist immer noch kalkweiß. Dann schließlich kommt etwas aus ihm heraus: „Nein, Yeşim, das kann nicht sein!"

„Warst du nach Rias Geburt nochmal mit Stella im Bett?"

„Nein. Vor Rias Geburt ja, aber Ria sieht David sehr ähnlich. Und danach nicht mehr, nein. Leider. Das ist völlig ausgeschlossen."

„Dann war es vielleicht der Erzengel Gabriel?"

Jakob kriegt langsam wieder Farbe ins Gesicht und lacht: „Wer auch immer, ich bin raus. Madita ist nicht meine Tochter. Schade eigentlich. Ich wäre gerne Papa."

„Du bist bestimmt ein prima Zweitpapa!"

„Den ersten Papa besuche ich morgen in Bonn."

„Na dann redet doch mal darüber."

„Ja, unbedingt."

„Und wenn du tatsächlich eigene Kinder haben möchtest, könntest du mal mit mir verhandeln. Vielleicht ist da was drin."

Jakob küsst sie, aber diesmal ohne rechts links und länger als bei der Begrüßung. Dann erhebt er sich und geht ins Wohnzimmer, um Madita zu holen. Sie hat sich auf dem Sofa ausgestreckt und schläft. Jakob flüstert: „Gute Nacht, Patentochter!", hebt sie vorsichtig hoch, trägt sie ins Bett zu Yeşim und deckt sie zu. „Alles andere hat Zeit bis morgen Abend!" flüstert er, küsst Yeşim und legt sich aufs Sofa im Wohnzimmer.

Inhalt